Les Petits

Du même auteur

La petite foule, Flammarion, 2014.

Une semaine de vacances, Flammarion, 2012 ; J'ai lu, 2013.

Les Petits, Flammarion, 2011 ; J'ai lu, 2012.

Le Marché des amants, Seuil, 2008 ; Points, 2009.

Rendez-vous, Flammarion, 2006 ; Folio, 2008 ; J'ai lu, 2016.

Othoniel, Flammarion, 2006.

Une partie du cœur, Stock, 2004 ; Le Livre de poche, 2006.

Les Désaxés, Stock, 2004 ; Le Livre de poche, 2006.

Peau d'âne, Stock, 2003 ; Le Livre de poche, 2005.

Pourquoi le Brésil ?, Stock, 2002 ; Le Livre de poche, 2005.

Normalement suivi de *La Peur du lendemain*, Stock, 2001 ; Le Livre de poche, 2003.

Quitter la ville, Stock, 2000 ; Le Livre de poche, 2002.

L'Inceste, Stock, 1999, 2001 ; Le Livre de poche, 2007, 2013.

Sujet Angot, Fayard, 1998 ; Pocket, 2000.

L'Usage de la vie, incluant *Corps plongés dans un liquide, Même si, Nouvelle vague*, Fayard, 1998.

Les Autres, Fayard, 1997 ; Pocket, 2000, Stock, 2001.

Interview, Fayard, 1995 ; Pocket, 1997.

Léonore, toujours, Gallimard, 1993 ; Fayard, 1997 ; Pocket, 2001 ; Seuil, 2010 ; J'ai lu, 2016.

Not to be, Gallimard, 1991 ; Folio, 2000.

Vu du ciel, Gallimard, 1990 ; Folio, 2000.

CHRISTINE ANGOT

Les Petits

ROMAN

La première fois que Billy a vu Hélène, c'était dans le couloir d'un hôtel. Ça sentait l'herbe dans sa chambre, il voit quelqu'un qui regarde, il lui demande si elle est flic. Elle répond non, qu'elle a senti l'herbe, qu'elle fume aussi, et qu'elle est à l'hôtel avec sa fille.

Il est de passage à Paris avec un groupe de reggae pour y faire des concerts. Elle aussi, elle part dans quelques jours à Dubaï pour l'ouverture d'une boutique, elle rentre d'Australie, où elle vivait avec son mari. Ils sont séparés, mais elle travaille avec lui et il ouvre une boutique à Dubaï. Il fait des bijoux pour Nicole Kidman ou Lenny Kravitz. Il fait partie d'un truc Krishna. Il a été condamné pour des histoires de crimes sexuels, et il y a eu un problème avec leur fille, Mary, qui a deux ans. C'est ça qui justifie son départ d'Australie.

Il y a des procès en cours. Elle a le dossier du fichage avec une photo. Il a un style à la Bruce Springsteen, blanc, cheveux gris, cinquante-soixante ans. Elle a environ trente ans. Son divorce n'est pas officialisé. Elle a juste un papier australien, qui stipule la garde de sa fille et une pension de trois mille dollars mensuels. Elle ne s'entend pas avec sa famille, c'est pour ça qu'elle est à l'hôtel.

Billy est en tournée, avec de l'argent liquide, il y a du va-et-vient dans sa chambre, il lui demande si elle peut le garder dans la sienne. Ce qu'elle fait sans problème. Ça lui donne confiance. Quand ils discutent il la trouve intelligente. La petite a deux ou trois ans. Elle est blonde, les yeux bleus, un peu boulotte, pas grosse. Ils ont tout de suite un contact positif. C'est une enfant réservée, mais avec lui elle rit. Hélène est brune, grande, mince, souriante. Agréable. Des yeux dorés.

Elle part quelques jours après leur rencontre. Il rentre en Martinique. Tout ça a duré à peu près une semaine. Il a rencontré quelqu'un qui lui plaît. Il ne se pose pas la question de s'il est tombé amoureux ou pas. Il n'y pense pas. Elle l'appelle en Martinique. À l'époque il prend l'avion pour Paris comme s'il prenait un bus pour Saint-Germain. Il revient en France. Il aime bien parler avec elle, il trouve que c'est quelqu'un d'ouvert, qui a compris son mode de vie, qui l'accepte. Ils ne mangent de viande ni l'un ni l'autre, il n'a pas tout ça à expliquer. Ils se comprennent. Tout bascule quand il a un enfant avec elle. Mais même là, même quand ils sont fâchés, ils ont des moments tendres. Régis par les enfants, y compris en leur absence, il n'y a pas un moment où ils se retrouvent sans eux. Ça n'existait pas. Tout tournait autour d'eux. Il était pris dans le système. Aujourd'hui il s'en fout d'Hélène, elle peut mourir même si elle veut.

En Martinique il vit dans sa voiture. Il connaît plein de rastas dans toute la Caraïbe, il est à fond dans la musique. Il passe d'une île à une autre. Il réalise des disques, il fait des concerts. Il ne pense pas à Hélène qu'il vient juste de rencontrer dans un hôtel. Il passe son temps en studio. Il enregistre, il répète, il écrit des chansons. Il vit de ça. Ingénieur du son, compositeur, arrangeur, être au second rang lui convient, c'est son caractère. Au foot il est avant. Il estime que pour marquer un but sa discrétion le sert. Il reste des semaines sans penser à rien d'autre qu'à une chanson, une batterie, un haut-parleur et un micro. Il va à Sainte-Lucie, Saint-Vincent. Il découvre la Grenade, c'est une île sauvage, il n'y a pas de liaisons, il marche au bord de la route. Si quelqu'un passe avec son pick-up, il fait un signe, la fourgonnette le prend. C'est comme ça qu'il vit et qu'il veut vivre. Libre. Il ne passe pas une journée sans le dire, ou sans prononcer le mot liberté.

Quand il était petit avec ses copains, leur territoire c'était l'usine désaffectée du Lamentin. Tous avaient des parents qui y ont travaillé, c'était l'usine de transformation de la canne, sa grand-mère en est morte. Ils jouaient là, dans les entrepôts vides. Au carrefour entre la mer, les terres et l'autoroute. À la place des entrepôts un supermarché a été construit. Ils installent un marché de fruits et légumes sur le rond-point, devant le magasin. Ils posent des tréteaux, avec deux copains, et vendent des tomates, des laitues et des melons. Suivant la saison, des mangues ou des oranges, et quand il y a des grèves au port, les bananes qui n'ont pas été expédiées. La nuit ils s'organisent, à sept heures ils commencent à vendre. Ils embauchent les gosses qui traînent dans le centre commercial, donnent une bouteille d'eau congelée à chacun et un chapeau de paille. Il fait quarante degrés, il n'y a pas d'ombre, Billy reste au soleil toute la journée, devient encore plus noir. Ils dorment peu, se reposent par intermittence. Quand les vigiles du supermarché viennent les racketter, ils les gèrent. Et quand le fils du propriétaire béké, qui s'appelle Président et qui est d'origine belge, arrive avec les flics, et se plante devant eux avec son gros ventre, en disant :

— Ça, c'est mon territoire, vous pouvez pas rester là.

... la phrase les rend fous. Ils renversent la voiture des gendarmes, tout le quartier arrive en renfort, les flics reculent. Billy peut y retourner demain, ses potes y sont toujours. Il reprend sa place quand il veut.

Les filles du ghetto sont belles, courageuses, pour lui c'est un idéal. Il ne sort pas avec elles. Son avant-dernière copine était fille de békés. La dernière, une Camerounaise qu'il avait rencontrée à Paris. Elle était venue vivre avec lui en Martinique puis était retournée en France, il la voyait quand il y allait. Il est resté avec elle trois ans, il a envie de liberté. Il n'a pas de mal à trouver des filles, n'est avec aucune en particulier, et n'a pas le temps pour une relation. Il a autre chose en tête, et il a besoin de souffler. Il ne pense à personne, pas spécialement à Hélène. Il n'a pas de portable. Il lui a donné le numéro de fixe chez sa mère.

Il y passe en coup de vent, le soir, en faisant un tour dans le quartier. Il regarde ses messages, au milieu il voit « Hélène a appelé », c'est un nom parmi d'autres. Il ne réagit pas. « Hélène a appelé » ne provoque rien en lui de particulier. Elle appelle plusieurs fois. Un jour, il se retrouve avec un portable. Quelqu'un lui donne le numéro, elle tombe sur lui. Il a un ami, Alex, qui a un studio d'enregistrement à Pantin, et l'attend à Paris. Il lui dit qu'il est question qu'il revienne, vers telle période.

Elle a pris un appartement à Belleville. Ils ont rendez-vous dans un jardin. Ils se promènent dans les allées. C'est froid. Il y a une ambiance bizarre. Est-ce que ça vient de lui ou d'elle, il ne sait pas. Ça ne se passe pas très bien, ils sont décalés. Après il est pressé. Il est venu pour enregistrer un disque, il reste quelques jours. Il ne la revoit avant son départ. Quand il quitte Paris, il ne pense pas qu'ils vont se rappeler. Il n'y a pas de suite à cette histoire. Elle est terminée.

Elle l'appelle en Martinique pour s'excuser : il y a eu un malentendu. Il revient, mais il travaille toute la journée et dort au studio. De temps en temps elle l'appelle, il répond. Elle lui parle d'une boutique de bijoux dans le sixième où elle a des contacts, ça s'est mal passé à Dubaï avec son mari. Elle ne travaille plus avec lui. Il ne se sent pas concerné, le studio l'absorbe. Alex lui a tout appris quand il est sorti de l'école. Ils ont confiance l'un dans l'autre. C'est un Sénégalais, c'est le premier ingénieur du son noir qui possède un studio professionnel en France. Ils ont les plus grosses machines qui existent, ils travaillent sur des Rolls-Royce. Personne n'a un tel matériel, même pas les Blancs. Ça représente beaucoup de dettes mais Alex est courageux. Il est le seul Noir reconnu dans le métier. Il a travaillé avec Carlos Santana. La musique africaine est forte, les groupes de l'époque ont tous des Noirs derrière eux. Les artistes du monde entier demandent les musiciens noirs de Paris. Qu'un mec comme Alex ait un studio inquiète les Blancs. Ils ont peur de perdre des contrats, que les Noirs veuillent travailler entre eux, avec des ingénieurs du son noirs, puisqu'il commence à y en avoir. Ils paniquent, ça se sent, ça se voit, Alex se prend des bâtons dans les roues. Billy lui promet de l'aider, et de rester à ses côtés. Alex résiste. Il a les moyens. Son père est diplomate, il est de nationalité française, ses parents ont un appartement à la Défense, son frère sort avec Nina Simone. Il dit que Billy est son fils.

Un soir, il va chez Hélène. Il y reste. C'est presque ça sur un temps un peu plus long. Il passe beaucoup de temps à Pantin, mais ils se voient très souvent, et de fil en aiguille ils se mettent à vivre ensemble. Dès qu'il a du temps libre, il le passe avec elle. Ça commence comme ça.

Elle habite un appartement de cinquante mètres carrés à Montparnasse. Billy ne connaît pas Paris, il y a fait un an d'études avant de repartir en Martinique, pour lui c'est un truc gris. Il n'est pas du style à traîner à Saint-Germain, les arrondissements, les quartiers, ça n'existe pas pour lui. C'est une ville grise, le seul endroit où il se repère c'est le métro. Rive droite rive gauche ça ne lui dit rien, il ne sait pas dans quel sens coule la Seine. Il s'habitue, fait ses footings au Luxembourg, et se balade sur les quais.

Ils regardent Mary qui joue dans le parc, qui fait un tour de manège, qui ramasse des feuilles. Ils s'assoient sur le rebord des bassins. Ils font ce qu'il appelle les Parisiens. À Pantin, Alex lui demande de penser à l'argent, de se plier à l'humeur des clients. Ça le change de la Martinique où il faisait des chansons avec ses amis et allait vendre des légumes sur son rond-point.

C'est de la musique urbaine, antillaise et africaine, le travail l'intéresse. Et il a promis de rester. Les seuls contacts humains qu'il a c'est Alex, Hélène et sa fille.

Le week-end, ils s'aèrent. Souvent ils vont à Deauville. Il a une voiture, un jour ils y vont avec un ami qui a une petite fille, ils sont sur la banquette arrière avec Mary. Billy conduit. Tout à coup elle l'appelle « papa ». Ça le remplit de joie. Ils n'ont aucun problème. Ils n'ont pas de problèmes d'argent. Il travaille tous les jours. Un après-midi qu'il est au studio, le téléphone sonne, Alex est à côté de lui. C'est Hélène :

— J'ai une nouvelle.

Il croit qu'il a compris.

— ... Je suis enceinte.

Ils le souhaitaient.

— OK.

Il est content mais il ne saute pas en l'air. Hélène lui demande pourquoi.

— Si, c'est cool.

— Ça te fait pas plaisir ?

— Si, je t'ai dit. C'est cool.

— OK tu trouves ça cool, je m'y attendais pas. Je pensais que tu serais content, que ça allait te faire plaisir, je me suis plantée. C'est pas grave, si tu trouves ça cool c'est déjà bien.

— J'ai jamais dit que ça me faisait pas plaisir. Pourquoi ça me ferait pas plaisir ? Là je suis au studio. Et on en a déjà parlé. Bien sûr que ça me fait plaisir. Je ne peux être que content. Pourquoi je le serais pas ?

Il ne voit pas ce qu'il pouvait dire d'autre. Il était au studio, c'était une envie, maintenant l'étape est franchie. C'est une période heureuse. Ils passent beaucoup de temps tous les deux. Il la retrouve dès qu'il le peut. Ils vont aux échographies ensemble. Elle a l'expérience de sa fille, lui est novice. Mais c'est pas le « waouh ma femme est enceinte je vais avoir un enfant » auquel elle s'attendait. Leur rencontre n'est pas anodine, elle s'impose, ce n'est pas un accident, il va avoir un enfant avec elle, elle en a envie aussi, mais les manifestations de la venue de cet enfant ne le rendent pas particulièrement hystérique, ni expressif. Ils préparent les vêtements, l'ameublement. Ils font ça tous les deux. Le studio le lui permet, les horaires sont intenses sur des périodes ramassées. Quand il en sort, sa bulle d'air, c'est Hélène, Mary, et Clara qui va naître.

Il veut partir à New York trois jours. Il a un projet. C'est compliqué de les prendre et un peu tendu avec Alex. Il part quand même. Pendant son absence, Alex appelle Hélène. Il l'apprend à son retour sans arriver à savoir ce qu'ils se sont dit exactement. Faustine a été mentionnée, sa vie intime a été mêlée à la conversation. Quand Hélène est en colère elle sort des trucs déplaisants qu'Alex lui a dits. Billy coupe les ponts. Il lui reparle une fois au téléphone puis il perd sa trace.

Il dit : qui m'aime me suive moi je rentre en Martinique. Ils sont à l'hôtel, ils cherchent une maison. Ils en voient plusieurs, à Fort-de-France, avec piscine ou en bord de mer, qui leur plaisent. Modernes et confortables, mais chères. Ils en trouvent une au bord de la mer, à Tartane. Elle est neuve, grande, protégée, et pas trop chère parce que à l'écart. Il y a des contraintes de transport, mais elle est sur une plage. Elle a deux chambres, deux salles de bains, un grand séjour, une grande cuisine qui ouvre sur la plage, un parking, une cour, elle est superbe, une partie donne sur la mer, une autre sur la montagne. Ils seront les premiers à l'habiter. C'est la dernière maison d'une zone pavillonnaire, à quelques kilomètres de Tartane. Le village est à quinze minutes à pied. Hélène ne conduit pas.

Leurs meubles et leur voiture arrivent en containers. Ils emménagent, il lui montre l'île. Il travaille quelques jours avec un groupe, puis s'arrange pour être disponible. Il l'emmène en Dominique, à Saint-Martin, à Sainte-Lucie. Quand ils sont encore à l'hôtel, au début, il l'emmène en tournée avec Mary. C'est toute une organisation, il se fait traiter comme s'il était elle, il pense au confort, à la vue, à la situation. Il ne veut pas qu'elle soit déçue. Il la protège. Elle est enceinte. Elle le vit bien. Ils se baladent dans l'île. Tout est paisible. Ils s'installent. Ils attendent un enfant. Rien de désagréable ne transparaît.

Ils ne sont pas isolés. Ils ont des amis. Un jour ils rendent visite à un copain à lui dans un quartier populaire de Fort-de-France, Mary est là aussi. Il y a plein d'enfants dans la maison. C'est une famille à l'antillaise, les générations sont mélangées. Il y a des sœurs, des tatis, la mère, plein de filles. Une des grandes sœurs dit à propos de Mary, brusquement :

— Fout i bele... fout i gwo.

C'est-à-dire bon sang qu'elle est belle, bon sang qu'elle est grosse, pas dans le sens gros, mais bien portant, sympathique, appétissant. Hélène retient de la soirée qu'ils ont dit que sa fille était grosse, elle ne veut pas retourner chez des gens qui traitent son enfant de bouboule. Ils connaissent des métropolitains, qu'elle a rencontrés sur la plage. Un couple, la femme est métropolitaine, ils s'invitent à dîner. Hélène n'aime pas les produits uniquement locaux, les mangos, les maracudjas, les ignames. Mais tous les fruits internationaux qui poussent dans l'île, les tomates, les melons, les pastèques, les ananas. Et elle aime se réveiller sur la plage, se promener les pieds dans l'eau, le matin, en discutant avec Billy de toute sorte de choses.

Ils bronzent dans le jardin, ils prennent des douches au tuyau, la plage leur appartient, la montagne aussi. L'horizon, la nature, la beauté. L'eau est chaude, le sable est blanc. Ils n'ont qu'un pas à faire. Tout ça est à eux. C'est là qu'ils habitent. Ils vivent sur la plage, tout est disponible, tout est là. Il n'y a aucun effort à fournir pour aller à la mer, pour prendre le soleil. Les gens font des kilomètres pour en profiter, eux, dès le matin, tout est sous leurs yeux.

Quand il travaille en Guadeloupe, c'est compliqué. Ils s'organisent. Il prend le vol du matin, il revient par celui du soir. Pour emmener Mary à l'école il s'arrange avec le voisin. Ils font le trajet deux fois par jour, il n'y a pas de cantine. Pour les courses il n'y a rien à proximité. Il rentre le soir pour tout prévoir, avant de repartir le lendemain. Quand il travaille à Fort-de-France, c'est lui qui va chercher Mary à l'école. Souvent elle l'attend. Il est pris dans les embouteillages. Elle déjeune à la maison, l'après-midi il la raccompagne. Il revient, il s'occupe du gazon, ou d'autre chose.

À l'arrière, leur chambre donne sur un jardin. Il y a un flamboyant devant la fenêtre. Ils sont couchés, ils dorment. C'est la nuit. Ils entendent les oiseaux, les crapauds, ils sont tout près de la forêt. Elle sent que les contractions approchent. Il se lève. Il va chercher sa mère au Lamentin. Il l'amène à Tartane pour qu'elle s'occupe de Mary pendant qu'il conduit Hélène à l'hôpital de Trinité. Il revient à Tartane pour voir si tout va bien, et retourne à l'hôpital. S'il n'est pas là quand Clara naît... rapidement il la voit, il n'est pas loin. Il est là ou dans les couloirs. Parfois il mélange avec les autres. Jérémie, il se souvient avoir coupé le cordon ombilical.

Elle se sent en prison. Il n'y a aucun transport public, et lui n'est pas toujours disponible. Il décide de repartir en sens inverse, et de laisser son travail derrière lui. Il aurait bien aimé pouvoir vivre avec elle d'un côté ou de l'autre de l'océan. Mais il rentre à Paris. Le premier pour chercher un appartement. Elle reste à Tartane avec les enfants pour finir l'année scolaire. La famille de Billy est censée l'aider. Ça se passe mal, sa mère et sa sœur disent qu'elle est insupportable. Elle, elle dit qu'ils sont racistes. Il a trouvé un travail le soir dans un studio pour payer son hôtel à Paris. Il dit à sa sœur au téléphone que c'est à eux de faire l'effort. Il sait qu'Hélène est comme elle est et que tout lui est dû. Il s'est mis à son service pendant un an. Il allait la chercher n'importe où dans l'île. Il la traversait de haut en bas en pleine chaleur. Il ouvrait les fenêtres, il roulait. Il ne comptait pas les kilomètres. Il estime qu'ils auraient pu le faire quelques jours. Pour lui, les transports n'ont aucune importance. Il peut faire deux heures de métro aller, deux heures retour, sans ticket, baratiner s'il se fait contrôler, dire qu'il s'appelle Jean-Pierre Mathurin, qu'il n'a pas ses papiers, donner une fausse adresse, continuer, descendre au terminus, marcher encore un quart d'heure, arriver chez un copain qui a besoin d'un câble, d'un micro, d'une perceuse, d'un manteau. Ou le conduire quelque part si le copain n'a plus de point sur son permis et ne peut pas conduire lui-même sa voiture.

Hélène rentre à Paris fin juin. Pendant les deux mois d'été ils louent un appart à un prof, en septembre ils prennent deux chambres communicantes dans un Campanile à Voltaire, puis ils vont chez ses parents. Billy ne se voit pas y prendre une douche, y avoir des affaires. Dès le matin il faut qu'ils sortent. La mère garde des enfants. En sortant un matin, ils oublient de prendre un foulard pour Mary. Ils sonnent. Elle n'ouvre pas. Il prend un hôtel pour lui l'après-midi, passe le reste du temps dans des studios et circule en voiture. Ils se donnent rendez-vous, visitent Paris, ils vont dans des parcs avec la poussette, ils s'occupent de plein de choses. Nourriture, scolaire, médical, la journée ils ne la voient pas passer.

Ils n'ont pas d'intimité amoureuse, ce n'est pas un blocage, ils n'ont pas ce problème. Ils vivent comme des fugitifs, ils font beaucoup de voiture, tout est temporaire. Leur intimité du moment c'est être solidaires. Le jour où sa mère n'a pas ouvert, Hélène savait qu'elle n'ouvrirait pas, ses parents sont comme ça. Lui ça le choque. Mais ils ne comparent pas les familles pour ne pas

21

comparer les races. Ils cherchent un appartement, activement. Ils obtiennent un contact à l'OPAC par la mairie du quinzième. Billy raconte son histoire à un employé. Il rentre de Martinique, il a deux enfants, il leur faut une stabilité. Trois jours après, le type l'appelle.

De tous les appartements qu'ils ont vus, c'est celui qui leur plaît le plus. Il est proche du métro, on voit le ciel, il est au septième étage d'une tour qui en fait dix-huit, l'immeuble est bien entretenu, il y a une gardienne, l'école est à cinq minutes. Il y a deux chambres, une pour les filles, et une pour eux dans le prolongement du salon avec une porte coulissante. Billy a une petite fille. Il l'observe. La prend dans ses bras. Ce qui le frappe le plus c'est qu'elle est orange. C'est ça qu'il voit. Ce ne sont ni les cheveux ni les yeux ni les traits. Hélène se focalise sur les cheveux, pour elle la couleur n'a pas la même importance, elle veut lui faire des locks. Billy ne veut pas, il voit ça comme « imposer » des locks à Clara. Hélène trouve ça joli, pour elle c'est esthétique une petite métisse avec des locks, une petite fille avec une femme blanche. Elle imagine l'effet.

Ils se disputent. Dans ces moments-là le regard d'Hélène se modifie. Il y a quelque chose dans sa façon de parler qui change. Comme si elle dévoilait un pan de sa personnalité, qu'un nouvel aspect apparaissait. On dirait qu'elle le tient. Le voile tombe, au point qu'il se demande s'il ne s'est pas trompé de personne. Si c'est bien elle qu'il a rencontrée en tournée à Paris dans un hôtel, il y a un an. Un jour elle lui demande de se faire tatouer son nom sur le corps, Hélène.

— ... Où tu veux... n'importe où...

— Je vais pas tatouer le nom de qui que ce soit sur moi. Je vais jamais tatouer quoi que ce soit sur mon corps. Ça ne veut pas dire que je vivrai pas toute ma vie avec toi. Mais je ne vais pas tatouer ton nom sur moi. Ni le mien.

— C'est juste un symbole. Ça peut être où tu veux.

— Je ne veux pas.

Elle insiste.

— Même pour me faire plaisir ? Même si ça ne se voit pas ? C'est magnifique comme symbole. J'aimerais tellement qu'il y ait « Hélène » écrit sur toi quelque part, ton bras, ta hanche, ta poitrine, ton épaule. Ça pourrait être où tu veux. Ça peut être un endroit caché. Si personne ne le voit, ça te gêne pas. Si ça se voyait, là oui je comprendrais, mais là on serait seuls à savoir.

Il refuse. Il est catégorique.

— Tatouer, peut-être que pour toi ça veut dire l'éternité, pour moi ça veut dire autre chose. Ça veut dire marquer. Si tu prends un bœuf et que tu le marques, tu mets ton initiale. C'est être marqué au fer rouge. J'aurais jamais imaginé que tu oses me demander un truc pareil. Et surtout que tu ne comprennes pas que je te dise non. Demander encore c'est pas un problème, mais franchement me faire toute une histoire...

Elle pleure.

Ils sont d'accord sur l'essentiel. Ils partent en vacances. À Paris ils vont dans des parcs, sur les bords de Seine, au cinéma. Ils voient les parents d'Hélène. Elle se brouille avec eux, elle se réconcilie. Billy travaille. Parfois il est en tournée pendant des semaines, la plupart du temps il reste. Mary est inscrite à l'école. Ils ont un appartement. Ça se stabilise. Ce n'est pas parce que ça se stabilise qu'ils ne s'éloignent pas. Ils s'éloignent.

Ils se retrouvent à la sortie des écoles ou à la maison. Les enfants prennent leur douche, et vont se coucher. Billy peut leur lire une histoire, les amener à l'école le matin, leur faire à manger, la nuit se réveiller pour changer une couche, mais il a des choses à faire. Il propose à Hélène de les mettre à la garderie. Elle préfère ne pas travailler pour s'occuper d'eux. Elle estime qu'ils seront en contact avec d'autres personnes à partir de la maternelle. Elle reste à la maison. L'école n'est pas loin. Ils ne vont pas à la cantine, leur régime n'y est pas respecté. Ils sont végétaliens. Ils ne s'en plaignent pas. Ils ont un médecin qu'ils voient souvent. Là-dessus Hélène et Billy sont d'accord. Leurs discussions portent essentiellement sur les enfants. Ils sont d'accord sur presque tout. Ça manque même de contradictions. Quand ils avaient des désaccords, avant, ils en parlaient, il essayait de se faire comprendre, de la convaincre, il disait comment il voyait les choses. Il exprimait ce qu'il ressentait. Sa parole avait une certaine valeur. Les six derniers mois, quand elle est devenue bouddhiste, membre de la Kyokaï, il voulait que les enfants restent laïcs, c'était un désaccord. À ce moment-là il n'y avait plus de discussions entre eux depuis longtemps.

Elle est contre la peine de mort, contre l'avortement, contre le racisme. Elle disait que son père était raciste, qu'il n'aimait pas les Noirs. C'était un ancien médecin, il est à la retraite. Sa mère a vécu dans les pays arabes, elle en aime la culture. Elle est chaleureuse, méditerranéenne. Ils n'aiment pas les Arabes non plus. Le père est passionné de jazz. Il a une collection impressionnante, mais depuis qu'il est à la retraite, il n'en écoute plus. À la maison ça gêne sa femme. Avant il écoutait ses disques dans son cabinet. Elle est comme Hélène. Tout doit être propre, rangé. Un verre sale peut provoquer un scandale. Ça peut prendre des proportions énormes. Les idées doivent être alignées aussi. Billy parle avec les enfants dans la salle de bains, elle est dans le salon, il est en train de leur expliquer comment ils peuvent avoir confiance l'un dans l'autre, en tenant compte qu'ils n'ont pas le même âge, il leur dit :

— Avoir confiance, entre vous, comme vous n'avez pas le même âge… ça peut être, par exemple vous vous baladez sur les bords de Seine, et vous marchez. Vous marchez vous marchez vous marchez, avec votre grande sœur, au bord de la Seine, et vous voyez tout d'un coup qu'elle se balance dans la Seine, sous vos yeux. Qu'est-ce que vous faites, qu'est-ce que ça veut dire avoir confiance ?

— …

— Ça peut être je me balance aussi, parce que il y a peut-être un danger que vous n'avez pas vu, et qu'elle a vu. Avoir confiance en elle, ça peut très bien être se balancer aussi dans la Seine.

Hélène déboule dans la salle de bains, scandale, insultes, il a dit aux enfants de sauter dans la Seine.

Le père dit à Jérémie qu'il a voté Le Pen. Quand il part en retraite, ça n'empêche pas Billy de l'aider à déménager son cabinet. Ils ont leur dialogue. Le père lui prête des disques, il vient chez eux en écouter. Il lui apprend l'histoire de France. Il ne lui ferme pas sa porte. Il emmène les enfants dans des musées. Il connaît l'histoire coloniale, il est curieux de ce qui se passe en Martinique. Il avait des patients antillais, une secrétaire guyanaise, il a reçu la mère de Billy chez lui. Ils ont une vision coloniale de tout ça. Ils sont chez eux, et ils y vivent. La mère garde des enfants chez elle, sa fille garde les siens dans son appartement. Ils font le ménage, il faut que ce soit propre, une fois que c'est propre et rangé, la maison on la respecte.

Quand il passe l'aspirateur, quand il déplace un objet, quand il se déplace lui-même, Billy fait attention. Il utilise l'espace prudemment. Il utilise un verre, il le lave et il le range. Il réfléchit avant d'amener quelqu'un. Il prévient, sinon c'est une faute et il se sent coupable. Ça provoque des scènes. Des choses incontrôlables sont dites. Ça prend des proportions comme être noir, la couleur, la famille, les enfants. Ça commence par tout et rien, ça finit par « fous-moi la paix je sors de cette maison » alors qu'il venait juste de rentrer du studio, il repart. Il ne sait pas où.

Pour empêcher la tension de monter, il la laisse décider. Ce n'est pas une question de critères mais d'initiative. L'important n'est pas le choix mais qui l'a fait. Quand elle rencontre quelqu'un qu'elle connaît, elle est charmante. Si c'est lui ou les enfants, à moins qu'elle ne puisse se montrer à travers eux, elle ne l'est pas. Si elle n'a pas eu l'initiative et ne trouve pas d'intérêt direct à la chose, cette chose l'indiffère et la gêne. Il faut qu'elle puisse décider. Ou si l'événement est extérieur à elle, qu'elle puisse en tirer un bénéfice particulier. Sinon ça l'encombre. Elle ne fera pas la tête. Mais il y a toute une gamme entre la tête et la gaieté. Il y a des nuances et des degrés. Billy les connaît, il sait les repérer. Quand les enfants font un spectacle, ça se passe aussi dans les gradins, donc ça va. Quand il fait le ménage, s'il applique un conseil qui vient d'elle, c'est bon. Du moment que ça se rapporte à elle, tout va bien. Sinon elle empêche, elle repousse. Et tant qu'elle pourra, elle repoussera. Il est accepté dans la maison à condition de laisser à la porte, non seulement ses chaussures, mais tout ce qui est à sa pointure. Tout son univers. Ce qui n'est pas fait à sa mesure à elle ne passe pas la porte. Elle dit qu'il était violent avec les enfants. Si ce n'est pas son initiative c'est forcément *bullshit*, négligeable, ou mauvais.

Ce qui lui est étranger ne l'intéresse pas. Elle ne le voit pas. Elle ne le perçoit pas. Elle ne le capte pas. Ça n'entre pas dans sa conscience. Dans son champ de vision. Dans sa conception. Ça reste hors champ. Son regard ne le saisit pas. D'une certaine manière, elle n'est pas responsable. Ce n'est pas dans l'angle, et pas dans le cadre. Elle ne peut pas le voir. Son œil n'est pas exercé à le détecter, à le repérer, pas apte. C'est un angle mort, nul, non avenu. Perdu. Ce n'est pas digne d'exister. Ça n'existe pas. Si ça lui est étranger, elle ne le voit pas. Elle ne voit rien, mais la sentence tombe. Elle juge en fonction de la vue qu'elle a, qui est partielle. Elle ne voit que quand la chose a une partie miroir. Et seulement dans la partie miroir, dans le fragment qui la reflète.

Elle aime Tina Turner. Parce que c'est une adepte de la Kyokaï, ce n'est pas de l'admiration. Si Billy lui fait écouter sa musique au mauvais moment, elle lui répond qu'elle n'a pas que ça à faire, et que c'est de la merde. Elle a une très haute opinion d'elle-même dans tous les domaines. L'éducation, la nourriture, la maison, la musique. Dans sa tête, elle est la plus grande artiste qui soit au monde.

Elle a un style bien à elle. Elle ne s'habille pas au hasard. Ce n'est pas non plus trop étudié, pas looké. C'est décontracté, à l'australienne. Cool. Un pantalon, un haut, rien d'extraordinaire, mais avec son style à elle, un peu singulier, un peu étranger, un peu West Coast. Jean, bottes, baskets, sandales ouvertes. Jupes longues, jupes courtes, gilet ou veste. Avec décontraction, naturel. L'hiver, un caban dont elle relève le col. Jamais de blouson, jamais de cuir. Pas de trucs serrés, cintrés. Peu de couleurs vives. Dès qu'il fait beau, elle met un débardeur. Elle aime la liberté des bras nus. Elle n'achète pas des vêtements sans arrêt. Elle a trouvé son style. Elle n'est pas enfermée dans le cliché, dans la mode, l'image, mais le côté cool est repérable. Elle aime les vêtements japonais, qu'elle porte à sa manière, avec son petit style West Coast. Elle a du goût. Elle fait attention à son corps. Elle est très attentive à l'hygiène. Quand les enfants sortent des toilettes, ils entendent « lave-toi les mains » la chasse d'eau à peine tirée. Elle s'épile entièrement. Elle choisit soigneusement les produits qu'elle utilise pour le corps. Elle regarde la fabrication, les composants. Elle s'épile même le pubis. Elle prétend qu'elle est plus à l'aise. Elle le fait elle-même, elle a un rasoir, elle achète de la cire. Elle n'aime pas les poils, elle aime sa peau glabre. Elle allaite ses enfants. Elle n'a pas peur de grossir. La nourriture ne l'intéresse pas, elle n'a pas besoin de faire de régime. Elle maîtrise son corps. Son environnement. Elle aime contrôler les gens, mais pas par des affirmations d'opinions, de vêtements ou de nourriture. Ce qu'elle aime c'est qu'ils viennent se confier à elle, ceux qu'elle rencontre au parc, sur la plage, n'importe où, sa famille. Et arbitrer.

Elles sont trois sœurs. L'aînée, mariée avec un Anglais qui travaille dans la mode, est la préférée. La plus jeune, apparemment homosexuelle, la moins bien vue. Hélène cherche à être au niveau de la grande, et à distancer l'autre. Les luttes de pouvoir ont lieu autour de la table, pendant les repas de famille, devant les enfants, les maris, les conjoints. Le conflit avec les parents est permanent, elle l'arbitre. Quand c'est elle qui raconte quelque chose, elle le dramatise, elle le scénarise. Dans la scène qu'elle rapporte, elle est celle qu'on sacrifie, enceinte, victime, délaissée.

Une règle s'est instaurée. Qu'il soit au studio ou en tournée, Billy téléphone à des heures précises. C'est un lien de subordination dont l'horloge est fixée. S'il n'appelle pas à l'heure, elle gueule. Il se transforme en soldat. C'est un régime politique. Toute légèreté disparaît. Au début, son sentiment était fixé sur elle, maintenant c'est sur le groupe auquel elle appartient et dont elle est capitaine. Il ne la distingue plus du groupe Hélène les enfants. Tous reçoivent le sentiment. Ce n'est plus elle en direct ou en premier. C'est la famille. Ça commence quand elle est enceinte, dès qu'il ne saute pas de joie au téléphone chez Alex quand elle le lui annonce. À partir de là tout devient règles. Tout devient forcé, problème. Il doit téléphoner du studio à une certaine heure. S'il ne le fait pas, s'il est enfermé dans la cabine avec un client, que le téléphone sonne, qu'il n'entend pas sonner, qu'une heure plus tard il n'a toujours pas rappelé et qu'elle rappelle, elle l'engueule. Elle seule a la ligne directe. Quand il est dans la cabine, les clients tombent sur la secrétaire, quand le téléphone sonne ça ne peut être qu'elle.

— Je suis enceinte, je suis une femme enceinte, est-ce que t'as le droit, est-ce que c'est correct de ne pas répondre au téléphone ?

Tout devient culpabilité. Elle est victime de sa négligence, de son insouciance, de son irresponsabilité, de sa désinvolture, de son indisponibilité, de son manque d'attention, de son étourderie. À partir de Clara c'est net. Il n'imaginait pas que ça évoluerait comme ça. Rien ne le lui laissait présager. Ce n'est pas arrivé tout de suite. Ça n'arrive pas d'un coup. Ça s'infiltre. Ça se fait peu à peu dans la vie de tous les jours, et puis c'est là. Il ne s'en rend pas compte tout de suite. Au début il lui fait confiance. Il ne le voit pas. Quand il le voit, il passe dessus. Quand elle lui fait un reproche, il pense qu'il a eu tort. Il s'accuse. Elle scénarise, elle dramatise. Elle raconte la scène en le convaincant qu'il a mal fait, mal agi. Il la suit. Il se dit qu'en effet il a abusé. Puis il réfléchit. Il n'a pas entendu le téléphone sonner, il était dans la cabine avec un client, ils enregistraient. Quand il réfléchit, il ne valide plus. Il commence à douter. Tout n'est plus automatiquement estampé. Après l'accouchement, ça devient plus dur, plus mesquin. La lutte devient radicale. C'est ta poupée ou c'est ma poupée ? C'est mon enfant ou c'est le tien ? C'est *son* enfant. C'est elle qu'il faut consulter en premier et qui aura la décision finale. Elle n'entérine pas les décisions qu'il prend au sujet de Clara. Sa voix est prépondérante. Elle est enceinte, des enfants sont en jeu, pour leur santé et leur équilibre, quelqu'un doit avoir raison à tous les coups et sur tous les sujets. S'il n'est pas entendu tout de suite, ce quelqu'un est victime. Même si ce n'est pas exprimé, encore plus. La règle est tacite, évidente. Il lui fait confiance. Car elle s'occupe bien d'elle, de lui et des enfants. Donc ça continue.

Au début, ils s'expliquent sur ce qu'est un lien, un tatouage, un coup de fil. Elle le convainc par du raisonnement. Elle lui donne ses arguments. Puis ça se complique. Ça ne raisonne plus, ça crie. Les disputes deviennent fréquentes. Il lui faut une compétition, une concurrence. Il faut qu'elle gagne des parties. Depuis Clara, l'enjeu est clair. La partie se joue avec la femme enceinte, la mère des enfants, la maîtresse de maison. Il n'y a plus d'arguments, de raisonnement, il y a l'intérêt des enfants. Il n'y a plus de discussion. Il y a des règles à appliquer telles qu'elles ont été fixées, par elle en fonction de l'intérêt des enfants qu'elle détermine. Les coups de fil amoureux du début, « qu'est-ce qu'on fait ? » « tu me rejoins », « je te rejoins », disparaissent définitivement. Ils se sont envolés. On peut douter qu'ils aient même existé. C'est un souvenir presque estompé. Les reproduire, ou qu'ils reviennent, paraît impossible. Les voix n'ont plus le même timbre. Le ton a disparu. Avant, il y avait un ton très bas, le plus bas possible que le téléphone pouvait transmettre, entre inaudible et audible. Un murmure. Un petit filet de voix, clair pourtant. Un souffle, presque une musique. Cette femme au bout du fil Billy l'aimait. Ils parlaient au téléphone parce que ils s'aimaient. Ça, ça n'existe plus. Ça a disparu.

Il y a des répits. Ils se disent qu'ils vont repartir à zéro. Qu'ils vont effacer tout ça, et sortir de la spirale. C'est une spirale infernale mais ils s'aiment. Ils pensent qu'ils vont s'en sortir. En effet ça s'apaise. Il y a des progrès, ils se disputent moins. Ils ne se sont jamais arrêtés de faire l'amour, ils dorment dans le même lit. Ça s'appuie moins sur de la subtilité amoureuse que sur de la présence physique. Le ton bas du téléphone ne revient pas, il ne reviendra jamais. Ils l'ont encore dans l'oreille. Ils s'en souviennent. Ils peuvent encore agir en fonction de la tonalité disparue, elle n'a pas disparu de leur souvenir. Ils sortent, ils vont se promener, ils vont chercher les enfants ensemble à l'école. Ils aiment la promenade plantée qui longe la Seine, le parc de Bercy, les roseaux, les pièces d'eau. Ils mettent de la musique. Elle se répand dans la maison, elle diffuse son ambiance. Elle tapisse les murs. Les ondes enveloppent les volumes, imprègnent l'atmosphère. Colorent une journée, un matin, une soirée. Ça transforme les pièces où ils se trouvent. Ils s'effleurent, et ils se parlent. Ils ne font pas la guerre à la maison toute la semaine. Ils dorment ensemble. Ils se plaisent. Il aime son corps, son plaisir. Elle n'a pas des seins sublimes. Elle n'a rien de sublime. Mais elle lui plaît. C'est un corps de femme. La sienne. Hélène. C'est des détails. Maintenant tous ces détails ont disparu, il ne se souvient plus de ce qui lui plaisait au juste. Ils ont disparu depuis trop longtemps.

Ça devait être les jambes, les cuisses longues, les pieds fins. Le cou. Et pour elle, mettre les doigts dans ses cheveux, s'infiltrer dans ce petit tapis moussu, respirer son odeur en fermant les yeux, comme un animal embusqué au creux de son épaule, pour mieux s'imprégner du parfum de la peau quand le corps se réveille, pour mieux le retenir, le temps de le faire monter au cerveau pour s'enivrer. En s'arrêtant les yeux fermés une fois capté pour qu'il se fixe dans la mémoire, pendant que tout le reste disparaissait autour. Elle aime qu'il lui fasse l'amour, que tout s'efface. Il lui plaît. Elle l'appelle « love ». Elle ne lui dit pas « t'es beau », « j'aime tes yeux », « t'as la peau douce », ça ne se passe pas comme ça entre eux. Mais ils s'aiment et veulent rester ensemble. Avant ils se sentaient vraiment amants. Ils se retrouvaient souvent tous les deux. Depuis Clara c'est différent, c'est fini. C'était un sourire, c'étaient des yeux, c'étaient des regards. Le regard d'Hélène change. Avant, elle avait un regard doux. Elle a un regard plus dur. Elle avait un regard très doux, elle peut sûrement l'avoir encore. Ce serait dommage qu'elle ne puisse plus trouver ce regard.

Les disputes ne mènent à rien, il ne se rappelle plus pourquoi il l'a aimée. Mais il y a des moments calmes, agréables, il se dit « c'est bon, c'est oublié ». Puis les crises reviennent. Il abandonne certains sujets et rétrograde sur d'autres. L'éducation des enfants, les cheveux de Clara. Sur certaines choses, il s'en veut de ne pas insister. Il devrait imposer que les enfants parlent créole, essayer de la convaincre qu'ils passent un mois chez sa mère en été. Hélène ne prend plus l'avion. Elle refuse qu'ils partent sans elle. Elle est claustrophobe, elle ne supporte pas la pressurisation, ses veines gonflent. Il ne voit pas d'autre solution que de reculer. Elle lui reproche de parler fort. Il lui dit que c'est le volume naturel de sa voix, pas de la violence. Tous les Antillais parlent comme ça. Il lui fait remarquer qu'elle veut être avec un Noir mais qu'elle ne supporte pas leur voix. Il parle fort, il rit fort, pour détourner une conversation, ne pas entrer dans les détails, ne pas donner d'explications, les noyer sous des rires bruyants. Parce que il se fout de la dissimulation, de l'hypocrisie. Tous ses copains rient comme ça. Tous ont le rire d'Henri

Salvador, les dents, la bouche. La respiration sur le point de se bloquer. Le doigt qui tamponne presque une larme. Et la main qui tient le ventre.

Les disputes sont là pour cadrer, fixer les règles, éventuellement les limiter. Elles entérinent, ou sanctionnent les désaccords. Beaucoup ne sont pas réglés. Pour les cheveux de Clara, ils ne trouvent pas de solution à cette histoire de locks. La pratique décide. C'est Hélène qui la coiffe. Elle les coiffe tous. Elle a des ciseaux, elle a un rasoir. Il a peur de prendre un virage qui serait de plus en plus serré. Le cadre s'installe, mais rien n'est réglé. L'enfant est coupé en parts. Les deux équipes s'affrontent en tirant la corde chacune de son côté. Quand Billy lâche, le jeu se déséquilibre. Il ne supporte pas le rapport de forces. Il lâche sur des détails, se piégeant lui-même. Le cadre se resserre comme ça peu à peu.

Il donne son avis, mais ne se bat pas pour qu'il soit retenu. Fourguer sa griffe, mettre sa patte, imposer sa marque ne l'intéresse pas. Si ça passe tant mieux sinon il attend qu'elle se calme, si elle ne se calme pas il la laisse dominer. Au début, il la regarde faire, trifouiller dans son cerveau, trouver des branchements, pour essayer de le vider de sa personnalité, le disqualifier en gardant l'enveloppe. Au deuxième round, il se détourne, pour ne pas assister au spectacle des efforts qu'elle fait pour y parvenir. Il ne veut pas comprendre sa logique. Son intention, encore moins. Il constate que les manipulations sont quotidiennes. Il voit qu'elle veut le déposséder jusqu'au noyau interne. Il ne veut en comprendre ni l'objectif ni la technique. Il pense que c'est le seul moyen de ne pas être atteint. Ne pas comprendre pour ne pas entrer dans le jeu. Ne pas répliquer. S'il disait quelque chose, sa parole serait de toute façon inopérante. Elle tomberait à plat. Il parle fort mais le son est coupé. Sa parole est sans effet. Elle ne porte pas. Ne compte pas. C'est du vent. Elle ne fait rien vibrer ni dévier. Il constaterait l'effet absolument nul et absolument plat de tout ce qu'il dirait. Il ne veut pas constater ça. Il décide que ça ne l'atteint pas. Il lâche sur des détails, autour desquels le cadre se resserre. Elle, elle ne lâche jamais. Les lois intérieures de la maison se précisent. Les choses qu'il faut faire, et qu'il ne faut plus faire. Ça commence par les chaussures. C'est bien, c'est hygiénique, il y a des enfants, etc. Ça devient une loi. À ne pas transgresser. Un sacrilège s'il entre sans s'être déchaussé. Il n'a pas intérêt à marcher dans la maison avec ses chaussures.

— Tu fais exprès ?

Il ne va pas se disputer trois jours pour une histoire de chaussures. Il les laisse dans l'entrée. Sa parade c'est s'en foutre. Il espère ne pas finir sa vie sans pouvoir écouter un disque chez lui. En attendant le cadre se renforce. La plupart des disputes portent sur les règles. Clara tète sa mère, tout le reste est négocié. Ça concerne toute la maison. Se laver systématiquement les mains quand on sort des toilettes. Billy connaissait. Pas dans une doctrine et une obligation qui cadre. S'il va quelque part avec un enfant, que l'enfant ne se lave pas les mains, que Billy lui dit que ce n'est pas grave et qu'elle l'apprend, elle recadre. Elle ne justifie pas. Il y a des enfants qui jouent par terre dans cette maison, on enlève ses chaussures. C'est des règles absolues. Il n'y a pas deux possibilités. Et quand on sort des toilettes on se lave les mains.

Aujourd'hui, Maurice a trois ans. Il voit son père dans une salle de médiation. La dernière fois il avait envie de faire pipi, Billy l'a accompagné aux toilettes, Maurice s'est lavé les mains en sortant, il connaît la loi de sa mère, il l'applique.

Billy comprend et il est d'accord. Mais il y a un excès dans l'application. Un côté doctrinaire, un manque d'air. Elle exerce son pouvoir réglementaire par l'hygiène. Le territoire est surveillé. Elle est la pointe du compas. Elle s'applique la loi à elle et à tout ce qui l'entoure. Son rayon d'action part d'elle, et touche tout ce qui a un rapport avec elle. Il y a un meuble dans l'entrée pour les chaussures. Ça part d'un bon sentiment. Il enlève ses chaussures, il les pose dans le meuble, parfois à côté. Les enfants rangent les leurs à l'intérieur le plus souvent possible. Ce sont des petites règles, des petits trucs, des petites restrictions. Quand des gens viennent à la maison, ils se déchaussent. Parfois il y a des exceptions. Quand le père d'Hélène vient et qu'il ne le fait pas, Billy lui fait remarquer :

— Regarde ton père, il a pas enlevé ses chaussures, ça t'a pas dérangée plus que ça.

Si en sortant Billy a oublié quelque chose, et qu'il rentre avec ses chaussures, elle :

— Ah, t'as tes chaussures ! !

Avant Clara il n'y avait pas ça. Le regard d'Hélène évolue encore, il s'assombrit. Il devient méchant. Quelques secondes, ses yeux s'arrêtent sur un point fixe, on la dirait absente, ses paupières se baissent, puis l'œil s'ouvre, et la parole part. Billy pourrait s'aligner sur les consignes et faire ce qu'il veut à l'extérieur. Il y pense.

Mais il n'y aurait plus de limite du tout. Donc il dit ce qu'il a à dire, puis si ça ne passe pas il lâche. Le cadre se resserre. Il se dit que ça ne peut pas l'atteindre. Que c'est deux trois petites règles comme ça, qui sont un peu chiantes.

Clara vient de naître, ils vivent à quatre dans l'appartement. Il met tout sur le compte du baby blues, et ne remet jamais en question leur vie commune. Hélène est contre la contraception et l'avortement, ils essaient de faire attention quand ils font l'amour sans l'obsession du contrôle. Il ne cherche pas à être bien lui personnellement, il cherche le bien-être d'une famille, d'un groupe, avec qui il veut réussir à vivre. Pour ça, il est prêt à surpasser des paroles désagréables.

Elle est devenue la maman de ses enfants. *Manman ich mwen*. *Ich*, enfants. *Mwen*, à moi. C'est arrivé comme ça. Ils n'ont jamais fait de plan sur le nombre d'enfants idéal. Il voulait en avoir un, elle était d'accord, elle avait déjà sa fille, ça ne l'effrayait pas. Il constate qu'elle a changé avec la naissance de Clara. Il se dit qu'en avoir d'autres ne modifiera pas le problème et qu'il a vu ce qu'il y avait à voir. Il ne met pas de préservatif.

Il rentre, les enfants jouent, Hélène est là, tout le monde va bien. Il n'a plus de sentiments amoureux pour elle. Ça ça cloche un peu, mais il y en a eu. La maison est gaie, l'ambiance est joyeuse. Les enfants progressent, ils sont en bonne santé. Ils n'ont pas de problèmes particuliers. Ils grandissent. Billy investit dans un studio, il produit du rap et des musiques de film. Il a loué un local à Beaumarchais. Tout se passe bien. Il n'avait rien en arrivant à Paris, il a tout fait et tout construit lui-même. Il revient de loin. Avant, il lui demandait son avis. Il ne le lui demande plus. Ils ne sont plus connectés, il n'arrive plus à la retrouver.

Deux sentiments roulent en permanence dans sa tête : elle est la mère de ses deux filles, et ils n'ont plus d'émotions ensemble. L'un prend le pas sur l'autre puis l'inverse. C'est par périodes. Ça alterne. Ça tourne. Selon les moments de la journée ou de la semaine. Elle lui apparaît sous différents jours. Ou selon les événements. Une futilité domestique peut devenir un problème central. Exclusif. Il a un studio à faire tourner, deux loyers à payer, mais il peut être pris dans des problèmes futiles qui durent, qui s'amplifient, qui sont strictement domestiques, pas du tout intimes. Ça absorbe le reste, elle ne dit jamais « c'est pas grave », il n'y a pas de place à l'erreur. Les conflits ne portent pas sur le partage des tâches. Billy travaille mais n'est pas absent de la maison. Il fait le ménage, les courses, repasse un T-shirt en même temps qu'il écoute une chanson. Ils portent sur la façon de faire. Et les mêmes reproches réapparaissent. Elle ne passe pas l'éponge. Ça ne s'éteint pas. Rien d'autre ne compte vraiment. Rien d'autre que la propreté. Ça pourrit l'atmosphère, s'il laisse traîner un T-shirt ça devient un drame. Une chaussette. Sa liberté intime.

Comment un prisonnier se sent s'il doit tout prévoir pour éviter de se faire prendre ? Il est confronté à cette question. Comment quelqu'un qui est pris sous un truc militaire se sent ? Qu'est-ce qu'il éprouve par rapport à sa hiérarchie ? À ses supérieurs ? Quel effet ça fait d'avoir un maton ? Pour faire des choix professionnels, aller en tournée, accepter un travail, parce que il a besoin de travailler et que tout est cher, il se rebelle. Il a besoin d'argent et d'activité. Il a acheté du matériel pour son studio, il a loué un local, il faut qu'il les paye. Il supporte de moins en moins qu'elle lui prodigue ses conseils. Ils ne sortent plus jamais tous les deux. Ça ne lui manque pas. Elle est la mère de ses enfants, et elle a ses plages de temps à elle. Elle en profite pour retourner dans le sixième, prendre des cafés avec ses amis, discuter, se balader. Ils se retrouvent à la maison après.

Les seules choses qui changent de temps en temps, ce sont les règlements. Certains détails se modifient. Elle revient sur telle ou telle règle. Elle aime les gâteaux, la pâtisserie. Elle assouplit leur régime alimentaire, et réintroduit les œufs. Billy maintient pour lui la rigueur du régime végétalien. Mais pour faire les courses, il a enregistré l'assouplissement. Il sort d'un Monoprix par une petite rue, par la sortie du rayon boulangerie. Il fait très froid, il fait « Brrr ! » et peut-être un peu fort « Whaahhh ». Une femme blonde, sans âge, détale à toutes jambes devant lui. Si elle avait vraiment eu peur, elle serait restée pétrifiée sur le trottoir. Quand on a peur, on ne court pas. On ne bouge pas, on ne se fait pas remarquer. On a le souffle coupé. Le cœur qui bat. On espère que la personne qui vous terrorise va se calmer. Vous oublier. On est statufié. On a le regard affolé. On voudrait être invisible, on ne se met pas à courir devant la personne. Il pouvait la rattraper en deux foulées, la suivre chez elle et la tuer. Le fait qu'elle court ne prouve pas sa peur mais son sentiment de supériorité. Il rentre à la maison exaspéré, en colère, contre cette société malade, raciste.

La télé est posée au sol dans le salon. Ils ont le câble. Avec des chaînes sport, d'informations et pour enfants. Ils n'ont pas de chaînes cinéma, ils regardent des vidéos. Ils achètent des disques. Chacun regarde la télé à son rythme. Elle ne prend pas une importance particulière. Les enfants ont beaucoup de jouets, beaucoup de livres. Ils la regardent un peu. Elle n'est pas allumée en permanence. Ni pendant les repas.

Le soir ils regardent un film en vidéo tous les deux, ou ils zappent. Quand Billy rentre du studio, il aime bien regarder le sport ou les infos. S'il rentre à trois heures du matin, il allume sans mettre le son. Pour ne pas les réveiller. Ils vivent dans soixante mètres carrés, il fait attention à la promiscuité. Il la regarde quand il est seul dans l'appartement. Surtout vers la fin.

Hélène est inscrite au vidéoclub en bas de l'immeuble. Elle loue beaucoup de films japonais. Elle les regarde le soir, allongée sur le canapé. La main d'un mec est en train d'être coupée, on voit clairement la lame qui tranche le poignet, c'est lent, on a le temps de bien voir la main qui se détache. Ce genre de scènes ne la trouble pas. Elle regarde peu de cinéma français, de plus en plus d'asiatiques vers la fin, des films sur la morale, des vengeances, pas des choses légères. Ou alors du comique. Elle a un côté gothique, sombre, une esthétique du sang qui coule. Et un sens moral affûté. Elle aime les films qui tournent autour du règlement de comptes, avec un coupable et une victime, qu'il y ait faute, châtiment, réparation, que la spiritualité se mêle à la vengeance et au carnage. Billy voit la main du mec se détacher, il suit l'histoire. Un homme riche faisait surveiller sa copine par un garde du corps, ça part dans des tueries, les gens se font massacrer.

Elle lit *Elle*. Elle l'achète tous les lundis. Elle achète la presse people, sa mère aussi. Sa mère aime *Gala*, elle préfère *Voici*. De temps en temps elle fait une réflexion sur une actrice américaine. Jamais fondamental. Ça ne l'intéresse pas plus que ça. Elle n'a pas d'actrice fétiche ni à laquelle elle s'identifie, elle fait des commentaires rapides.

Elle est solidaire de la cause féminine. Elle a voté Ségolène Royal. Elle est plutôt à gauche, elle a ses idées sur l'éducation, l'école, les programmes, le droit de la famille, la justice. Elle est contre l'avortement et la peine de mort. Mais pour la peine de mort c'est moins clair. Dans certains cas elle est radicale, si le type a commis des crimes horribles, on le tue. En Australie elle allait dans des centres de tir. Elle est remontée contre Sarkozy, mais elle partage son diagnostic sur l'évolution de la société.

Ils écoutent tous les styles de musique. Parfois ils dansent avec les enfants, ils rentrent dans leur jeu, dans leur gaieté. Ou elle met Radio Média Tropical. Elle adore le zouk. Au début ils dansent dans l'appartement tous les deux, cinq minutes sur une chanson. Ou au mariage d'un cousin de Billy, sur un ou deux zouks, pas longtemps. Ils dansent un peu au milieu des gens, avant de rentrer chez eux.

Elle aime la chanson française, sa mère dit qu'elle aimait beaucoup Michel Delpech. Elle achète tous les disques de Madonna. Elle les écoute souvent, elle écoute aussi du hip-hop, des trucs américains, un peu de R'n'B, un peu de reggae. Ce qu'elle aime vraiment c'est la chanson française. Brel. Salvador. Gainsbourg. Jusqu'à Vanessa Paradis.

Les premières années, lui aussi choisit des films, ils vont ensemble au vidéoclub. Après il n'est plus là que pour les enfants, pris entre sa culpabilité et lui-même. Il pense que, quand il partira, ils resteront seuls avec leur mère. Ils sont cinq, ils ont besoin de lui, il les aime. Ce sera un manque.

Elle lit des romans américains. Il y a des couples mixtes, des personnages de Noirs, des scènes de sexe, des trafics. Il y a des titres érotiques, et des couvertures.

Elle est à la maison avec sa copine bouddhiste, qui est une Noire de la Martinique plus âgée qu'elle. Et Billy arrive. Hélène dit, mais pas comme ça tout de suite quand il arrive, elle sait qu'il n'est pas d'accord avec leur bouddhisme, qu'il n'est pas ravi que la voisine soit assise là confortablement, il ne le cache pas, il ne la calcule pas, il regarde les factures qui sont au courrier, il embrasse les enfants, ils sont en désaccord total sur ces questions, il a dit à Clara qu'il allait partir un jour, il n'a pas encore découvert que la Kyokaï est une secte, il a des soupçons. Elles sont dans leur bouddhisme, ils sont en désaccord, mais ils peuvent quand même parler cinq minutes. Donc il arrive. Et Hélène dit à cette femme que Billy a participé à un film porno. Un Marc Dorcel avec Danger. La femme demande s'il joue dans le film. S'il est acteur porno, quel est son rôle dans le film. Dans la scène qui le concerne, Danger arrive au studio avec des filles pour les enregistrer. Elles chantent, et en chantant elles commencent à se déshabiller. Billy est dans la cabine du studio. La voisine fait alors la remarque, devant lui, pas adressée à lui mais à Hélène devant lui :

— Il est pas costaud !

Hélène répond :

— Moi, j'ai toujours voulu un étalon.

C'est la deuxième fois qu'il entend ce mot dans ce contexte. La première fois c'était dans un reportage sur l'esclavage, à propos de la sélection des hommes. Celui-là dans les champs, celui-là personnel de maison, celui-là décapité, celui-là étalon. C'est la deuxième fois qu'il entend ça. Il bloque. Est-ce que ça veut dire : leur relation c'est que des enfants ? Il lui demande. Elle ne répond pas. Elle continue de parler avec sa copine. Ça veut dire aussi que les femmes des maîtres savaient où étaient les étalons. Il ne s'attendait pas à ça. Ce mot dans sa bouche le surprend. Il trouve blessante l'idée qu'il y a derrière. Ce concept d'étalon qui surgit. Pas sur le plan sexuel, il y a rien de blessant à ce qu'elle veuille être remplie. C'est d'entendre ce gros cliché dans la bouche de cette femme blanche avec qui il a des enfants qui le blesse. Jusque-là il pensait avoir été choisi pour lui, pour ce qu'il croyait être, pour ce qu'il est. Ce qui est blessant, c'est qu'il n'a pas vu, il n'a pas saisi, qu'il est peut-être juste quelqu'un qui peut faire des enfants métis.

Jérémie s'annonce. Il accompagne Hélène aux échographies. Ou garde les enfants à la maison. Avec eux il se sent vivre. Le studio, les amis, tout le reste est machinal. C'est une grossesse relativement tranquille, la naissance se fait dans le quinzième. Il accompagne Hélène à l'hôpital. Il assiste à l'accouchement. Elle ne veut pas de péridurale. Il n'y a pas d'inquiétude. Le médecin est détendu, la sage-femme dit qu'elle en fait dix par jour. Tout le monde est calme. On lui demande d'attendre un moment à côté, il patiente. Puis on lui dit de revenir dans la salle de travail. L'enfant naît. On lui donne des ciseaux, il coupe le cordon. Il fait le geste de couper, il prend les ciseaux, il coupe. C'est tout. N'importe qui aurait pu le faire, le médecin fait une marque, et dit « coupez là », Billy fait juste la pression sur les ciseaux. Ça ne l'émeut pas comme il prévoyait, quand il entendait les gens parler de couper le cordon.

On pose le bébé dans les bras d'Hélène. Elle lui sourit. Elle l'embrasse. Elle lui dit bienvenue, qu'elle l'aime. Le médecin le porte, la sage-femme prend le relais. Billy ne le prend pas dans ses bras tout de suite. Il les laisse faire. Il suit la sage-femme quand elle le baigne, il regarde comment elle fait, il écoute ses conseils. Il ne le touche pas. Il lui dit quelques mots en créole, « sa ou fai ? » « comment tu vas ? » Il l'embrasse. Il ne se précipite pas sur le téléphone pour dire à tout le monde « Jérémie est né ». Il intériorise. Il amène Mary et Clara à l'hôpital voir leur petit frère. Il fait les démarches administratives, il le reconnaît. Hélène reste à la clinique le minimum de jours. Et elle rentre.

Il part en Jamaïque. À son retour elle est de nouveau enceinte. Physiquement, c'est un peu plus compliqué. Elle est fatiguée. Elle reste souvent couchée.

Ils ne parlent jamais de se marier. Le divorce d'Hélène n'est pas prononcé, « pas officialisé » le mot tombe tout de suite. Le papier australien qui n'est pas officiel en France. La question n'est jamais abordée autrement. Pour elle ce n'est pas une éventualité. C'est sans importance pour lui. Diego naît le 23 mai, le jour de l'abolition de l'esclavage. Billy a un concert le soir, il emmène Hélène à l'hôpital et va faire son concert. Il y retourne. Diego est né. Il a une infection intestinale, il est tout petit, fragile, plus petit que les autres. La grossesse s'est moins bien passée que les précédentes. Hélène en sort fatiguée. Elle les allaite jusqu'à ce qu'ils aillent à l'école. Billy ne s'étonne pas. Sa grand-mère, qui travaillait dans les champs de canne, disait qu'elle ne savait pas comment elle aurait fait pour nourrir ses enfants si elle n'avait pas eu son lait.

Il aime Mary comme si elle était de lui. Il est parti avec elle en Martinique. Elle n'a pas eu le comportement d'une petite Blanche. Elle n'a jamais dit « les enfants sont noirs », « c'est coloré » ou « elle est pas belle la dame ». Avec elle il ne sent pas le fait d'être noir. Avec les Blancs en principe il le ressent. Hélène lui avait signé un papier de sortie du territoire pour qu'il n'y ait pas de problèmes à l'aéroport. Elle aime que sa signature soit la clé des rapports avec l'administration et les rouages du système. Elle y est comme un poisson dans l'eau.

Le père de Mary lui envoie des cadeaux pour ses anniversaires. Un bracelet en argent, un T-shirt avec son nom, une Barbie, un appareil photo, des Converse qu'on ne trouve pas en France. Et il lui écrit. Avant, Hélène déchirait les lettres. Billy l'a convaincue que ce n'était pas correct. Depuis elle les lui donne. Mais elle ne veut pas qu'ils se voient. Ils sont séparés, c'est comme pour les règles d'hygiène et alimentaires, ce qui est valable pour elle s'applique aux autres, il n'y a pas de projet de visite. L'école est prévenue au cas où un inconnu se présenterait. Mary n'a pas de souvenirs de lui. Hélène ne le lui passe pas quand il appelle. Pour récupérer l'argent qu'il verse sur son compte, il lui donne un code au téléphone. Elle l'appelle quand elle est seule dans la maison. Billy rentre :

— Qu'est-ce qu'il y a ?

— Je l'ai eu l'autre connard au téléphone, il m'a insultée.

Le 11 novembre, Clara et Mary se chamaillent pour une histoire de poussette. Elles sont dans

la chambre, Billy est dans la salle de bains, il
leur dit d'arrêter. Elles continuent. Clara a une
poussette pliante à la main, pour poupée, Mary
la tire vers elle, le doigt de Clara est près de la
pliure, elle va se faire pincer. Billy entre dans
la chambre :

— Ça suffit j'en ai marre.

Il donne une tape à chacune.

Hélène déboule, elle attrape Billy par les cheveux.

— Tu tapes pas mes enfants ! !

Elle lui tire les cheveux. Pour que ça tire
moins, il baisse la tête. Pour se dégager de
l'emprise, il baisse encore la tête, et empoigne
les mains d'Hélène accrochées à ses cheveux.
Elle agrippe des touffes de cheveux. Il ouvre les
doigts les uns après les autres, elle les resserre.
Il la prend par les poignets, les écarte d'un coup.
Une touffe de cheveux part avec la main. Il a
desserré l'étau en écartant ses poignets qui
étaient serrés en casque autour du crâne. Il a
des locks arrachées. Il se dégage, retourne dans
la salle de bains. On sonne. Il y va. Il demande
à travers la porte qui c'est.

— C'est la police.

Il ouvre.

— Qu'est-ce que vous voulez ?

— On nous a appelés. Vous avez vos papiers ?

Elle leur dit qu'elle est enceinte et qu'il l'a
agressée. Elle est enceinte de Maurice. Il y a
quatre flics. Deux vont dans la chambre avec
Billy, deux dans le salon avec Hélène. Ils posent
des questions.

— Foutez-moi la paix. Je suis en train de
régler un problème avec mes enfants, je sais

même pas pourquoi vous êtes là. Moi je suis chez moi. Vous, vous foutez le camp. Vous avez rien à faire là.

Hélène dit qu'il l'a agressée, et que des voisins alertés par le bruit ont dû appeler la police. À ce moment-là Billy comprend. C'est elle ou sa copine du dixième qui les a appelés.

Ils regardent son passeport. Ils contrôlent son identité. Billy est avec eux dans la chambre, il parle fort, il est très énervé, très hostile. Ils l'emmènent au commissariat du quinzième, en fourgonnette.

Les flics le mettent en garde à vue. Il reste toute la journée dans une cellule. Le soir, on l'emmène à Cité. On lui dit que le lendemain il verra un juge, et on le transfère dans une autre cellule. Il ne dort pas. Il y a plein de cafards. C'est sale. Il ne supporte pas. Il y a des lits, il reste debout. Les autres dorment. Ils sont trois ou quatre. Il y a un clandestin pakistanais, un type qui est là pour trafic, et un jeune Arabe. Il cherche des techniques pour ne pas dormir. Il lit les messages tagués sur les murs. Il y en a partout. C'est signés 9-3, 9-1, Bebed, Momo, Joss. Il y en a sur toute la hauteur du mur. Nique la police. Des mecs de banlieue qui défendent leur territoire. Ils taguent leur nom, l'heure et la date, pour ceux qui passeront après eux.

Il pense à ce qui vient d'arriver. Il se dit qu'Hélène a déplacé le problème. Il expliquait à ses filles qu'elles étaient sœurs, qu'elles devaient s'entendre au lieu de se disputer pour une poussette. Il se retrouve en garde à vue dans un truc sordide. Il ne sait pas ce qui va se passer. Il se sent seul. Seul en France. C'est l'hiver, il a besoin d'un pull, et d'un tissu pour protéger ses cheveux, il a peur que les cafards se prennent dedans, et se baladent sur lui. Il déteste les poux, les cafards, les moustiques.

Il adore l'eau. Il reste sous la douche une demi-heure. Il fait la vaisselle par plaisir. Il se lave les mains sous l'eau chaude, savonneuse, il la laisse couler sur ses avants-bras. Il nettoie les sols à grande eau. Dans un jardin, il utilise le jet tous les jours, pour nettoyer la terrasse, rincer ses tongs, enlever le sable de sous ses pieds. Quand il boit au robinet, il en profite pour la laisser couler sur ses joues, sur son cou. Quand il pleut, il aime le ruissellement des gouttes sur sa peau. Là il a froid. Il a juste son petit blouson. Il le remonte sur sa tête en guise de capuchon pour protéger ses cheveux, en gardant ses bras enfilés dans les manches, et il remonte la fermeture Éclair jusqu'au ras de ses cils, ses longs cils. L'encolure fait comme un petit hublot autour des yeux. Comme s'il avait un masque de plongée. Il se demande quelle heure il est, quand le jour va se lever, quand la nuit va finir. Mary l'a rappelé au dernier moment, il sortait de la maison, elle lui a dit « je t'aime papa ». Pour les flics, il est un mec qui a tapé une femme enceinte et qui les a insultés.

Il est arrivé au commissariat du quinzième en fin de matinée, il y est resté toute la journée, on l'a laissé en garde à vue jusqu'à seize heures, la déposition a duré dix minutes, on l'a envoyé à Cité à dix-sept heures sachant que rien ne se fait après. Qu'il allait y passer la nuit. Le lendemain matin, la porte de la cellule s'ouvre. On l'appelle. On l'emmène voir une psychologue. C'est une jeune fille, qui lui demande ce qui s'est passé.

Il vient de la Martinique, il vit avec une femme, ils ont des enfants ensemble... Elle lui dit de ne pas s'inquiéter. Il ne va pas rester en prison, c'est la procédure. Il faut qu'il aille jusqu'au bout. On le ramène dans la cellule. On revient le chercher pour les empreintes. Il se déshabille. On le fouille. Un type arrive, lui dit d'ouvrir la bouche, de se baisser, de tousser. C'est la deuxième fouille. Il y en a eu une la veille quand il est arrivé. On le transfère dans une autre cellule. Il y a eu l'arrivée au commissariat du quinzième, la garde à vue, la déposition, l'envoi de la déposition au procureur qui a décidé de le déférer à Cité, la nuit dans la cellule, la psychologue, les empreintes, la fouille. Là on l'a mis dans une nouvelle cellule avec les interpellés et les déférés à Cité, qui arrivent par dix ou vingt.

Ça arrive par vagues. Plusieurs vagues d'une dizaine de personnes. Il a faim. La veille au soir, ils ont eu un repas. Il n'y a pas touché, il ne supportait pas l'odeur. Il y avait deux barquettes avec une sauce qui était de l'huile. Le matin on leur a donné un petit déjeuner, un jus d'orange avec des biscuits. Il a bu le jus d'orange. On l'a transféré dans la nouvelle cellule après le petit déjeuner. Menotté. Depuis l'arrivée à Cité, tout se fait menotté. Il monte les escaliers menotté, escorté par deux policiers, qui lui racontent que c'est là que sont passés les plus grands criminels. Il attend dans la cellule commune avant d'aller devant un procureur. Quand il entre dans le bureau de quelqu'un, on lui enlève les menottes. Le procureur est une femme.

— Est-ce que vous voulez un avocat ?
— J'en ai pas besoin.

Il est trois heures de l'après-midi. Elle lui donne un papier pour le juge. Il attend. L'escorte revient le chercher. Il passe encore par plein d'escaliers encadrés de deux policiers, menotté, il arrive devant le juge.

Le juge ne l'interroge que sur Mary. Il a agressé l'enfant de Mme Lucas. Il n'est plus question de la femme enceinte ni de la tape sur Clara. La déposition d'Hélène ne les mentionne pas. Il y a agression sur Mary, la fille de Mme Lucas, datée du 11 novembre.

— On va vous interdire de retourner chez vous, Monsieur.

— Écoutez Monsieur le Juge, arrêtez ces histoires, je vais rentrer chez moi. On est à quelques jours de Noël, ce que vous êtes en train de me dire, je sais même pas ce que vous me dites. Parce que je réprimande mes enfants j'ai pas le droit de rentrer chez moi ? C'est ça que vous me dites ?

Finalement, le juge l'autorise à rentrer chez lui. Il lui donne une convocation pour passer devant un tribunal en janvier.

Il rentre en métro. Il arrive. Il prend ses enfants à part, il leur explique où il était. Hélène est là. Il ne la calcule pas. Il va prendre sa douche. Il jette les vêtements qu'il portait à la poubelle. Il se douche et il repart. Il a du travail. Il va dans son studio, boulevard Beaumarchais. Il appelle Chloé, il la connaît depuis quelques mois, elle a essayé de le joindre. Il va dormir chez elle.

Le lendemain, il revient chez lui. Au fur et à mesure la rancœur disparaît, il dort sur le canapé, ou dans le lit avec Hélène. Elle lui dit qu'elle a appelé le commissariat pour savoir ce qui se passait. Il ne lui en veut pas fondamentalement. Son naturel reprend le dessus. Les enfants ont vu des policiers chez eux. Il est sorti. C'est du passé. Il ne ressasse pas ses deux jours en garde à vue. Ça reprend son cours par les enfants, par l'intendance. Il a du travail, des loyers à payer, celui de l'appartement, celui du studio.

Avec Chloé il n'a pas de plan. Ils sont bien ensemble et ils se plaisent. Il connaît sa mère, il l'a croisée, ils ont bavardé. À Noël elle va dans sa famille, il n'est pas invité. C'est un autre terrain. Elle l'a invité dans leur maison de vacances à Dinard l'été dernier, ils auraient pu s'y retrouver trois jours. Si elle avait insisté il y serait allé. Il n'y a pas de projection. Quand il croise sa mère, elle ne pense pas qu'ils vont se marier. Elle vit entre le seizième, Avignon et Dinard, elle ne travaille pas. Elle règle ses procès immobiliers et familiaux. Ils sont très procéduriers. Le père vit la plupart du temps à Avignon, entre ses tracteurs, ses vignes et ses oliviers. Il a eu des postes importants en Afrique du Sud et aux États-Unis. Chloé est née à New York. Aujourd'hui ils vivent leur vie dans leurs propriétés. Au détour d'un coup de fil, il comprend que le père est ici ou là, mais il ne le croise pas.

Il l'a rencontrée en Martinique dans une émission de télé, elle était en vacances avec une copine, elle faisait des photos. Elle a vingt-quatre ans. C'est une passionnée de photo. Elle faisait un stage d'été. Ils échangent leurs téléphones. Elle n'a pas la tête à sortir avec quelqu'un à ce moment-là. Ils se voient, ils passent du temps ensemble. Il habite à l'hôtel, elle chez des amis. Le soir, il fait des concerts, la journée il ne travaille pas, il passe la chercher, il lui fait visiter l'île. Ils se promènent, ils vont se baigner dans des rivières, ils mangent un sandwich dans la voiture, c'est simple, c'est doux. Sans contraintes. De fil en aiguille ils sortent ensemble. Ils se voient tous les jours, ils rient, ils laissent le temps filer. Billy s'évade.

Il a une photo de ses enfants dans sa chambre, elle les trouve mignons. Elle pense qu'il est séparé de leur mère. Il reste flou sur le sujet. Au retour, il lui dit ce qu'il en est. Elle n'a pas envie d'une relation éphémère, lui non plus les relations superficielles ne l'intéressent pas. Ils partent là-dessus. Elle a des projets, dans quelques semaines elle ira à Angers faire des études, un Deug multimédia, avec de la photo, de la psycho, de la communication. En attendant ils se promènent dans Paris, elle lui parle de ses envies, il l'écoute, il la conseille. Puis elle rentre tous les week-ends. Elle dort avenue Victor-Hugo chez ses parents. Ils se voient dans la rue, dans des cafés, dans son studio. Il la raccompagne chez elle, une ou deux fois il monte, et bavarde avec sa mère.

Elle a un nom à particule, et une allure un peu voyou. Elle a les cheveux longs, elle est brune, de taille moyenne, la peau ni trop blanche ni trop mate. Jolie, féminine, mais décontractée, souple, à l'aise. Elle ne met que des baskets, même en robe. Elle a des amis, sa petite bande. Elle est délicate, discrète, réservée, mais elle a une voix incroyable. De séductrice. Une voix de fumeuse qui ne fume pas. Une voix qui a du caractère. De femme un peu supérieure, un peu hautaine. Légèrement insolente, sûre d'elle. Il adore écouter ses messages sur son répondeur.

Il donne à Hélène l'argent qu'il a gagné en Martinique pendant l'été. Ils règlent leurs histoires matérielles. Il n'a pas vu ses enfants depuis un mois. Il les serre dans ses bras, il les emmène au parc, il rigole avec eux, il leur apprend à grimper aux arbres, à trouver des appuis, à décoller leur corps du tronc. Jérémie y arrive. Billy continue d'avoir des relations sexuelles avec Hélène, et de partir en vacances avec elle. Chloé le sait.

Ils vont en Tunisie, à Deauville, à Sète ou en Bretagne. Il gagne bien sa vie avec le studio. Il travaille tous les jours. Souvent il y reste dormir. Puis Chloé s'installe à Paris. Près de Saint-Lazare, dans un appartement qui appartient à ses parents. Il y va souvent. Il y vit pratiquement. C'est là qu'il voit ses copains, qu'il passe ses coups de fil, qu'il écoute de la musique. Il continue de vivre avec Hélène. Avec qui il a des enfants, qui sait tout sur tout, à qui il n'a rien à apprendre. Il est souvent absent, il s'en fait le reproche. Il culpabilise, et il essaie de faire de chaque côté le maximum. Avec l'une, l'environnement l'étouffe. Est-ce qu'il supportera une nouvelle crise ? Dès qu'il passe la porte, il se retrouve dans l'entrée, avec le meuble à chaussures, et tous les détails de cette vie qu'il ne peut plus vivre. Il retrouve aussi ses enfants. Il ne voit pas de solution à part attendre. Et quitter l'appartement dès qu'il y a une tension. Avec l'autre il se sent bien. Elle mérite mieux que ce qu'il lui donne. Il culpabilise par rapport aux deux. Et il fait l'amour avec les deux.

Toute son enfance, il a fait des comparaisons. Il n'avait pas son père à la maison, ses cousins avaient le leur. Ça continue. Ne pas vivre ? Ou vivre sans ses enfants ? D'un côté, il a une femme et cinq enfants dans une maison, il pense « ça doit être dur pour elle » mais il étouffe quand il y est. De l'autre quelqu'un avec qui il est bien, mais vivre avec elle ne serait pas vivre non plus. Il le sait. Il n'est pas partagé entre deux femmes, mais à l'intérieur. Il compare deux parties de lui, et il essaie d'en choisir une.

Il n'y pense pas tout le temps, heureusement il travaille. Il attend que les enfants grandissent, en continuant de faire l'amour avec Hélène, et d'être souvent absent. Sa véritable urgence c'est l'argent. La seule question qu'il se pose vraiment, il se la pose cinq minutes par jour. En fin de journée après le travail. Ou cinq minutes par semaine au début du week-end. Les autres soirs rester au studio est souvent plus simple. La seule question cinq minutes par semaine qu'il se pose vraiment : je rentre à Convention ou je vais voir Chloé ?

— J'ai quelque chose à te dire.

— T'es enceinte.

Il ne dit rien à Chloé, il ne lui parle jamais de ses enfants. Diego, Jérémie, Clara, Maurice, Mary, il ne lui en parle pas comme ça. S'il a l'air sombre, contrarié, elle lui demande ce qui se passe, il fait des réponses rapides.

— J'ai des problèmes à la maison, ça concerne mes enfants.

Elle n'en demande pas plus. Ils ont un contrat tacite. Ils savent que la situation n'est pas idéale, et qu'ils se sont rencontrés au mauvais moment. Il s'arrange avec le studio, et se rend disponible pour accompagner Hélène à ses rendez-vous médicaux ou garder les enfants. Elle part en taxi à l'hôpital. Il reste avec eux. Il espère que tout se passera bien. Elle l'appelle après l'accouchement. Il dit à Chloé qu'il ne peut pas la voir pendant quelques jours sans préciser la raison. Il emmène les enfants voir Maurice. C'est le petit dernier. C'est celui qui a les traits les plus négroïdes de tous. Il est tout mignon. Ses cheveux sont crépus. L'infirmière dit qu'il a la peau très douce. Diego se sent proche de lui tout de suite. Il ne sait pas prononcer son nom, il l'appelle Mouchi, ça lui restera.

Ensuite, Billy part à New York trois jours. Et quand il rentre, il a tout perdu. Des types cambriolent le studio en son absence, avec tout le matériel, informatique, musical, hi-fi. Il y en avait pour soixante à cent mille euros. Tout est perdu. En trois jours, il perd tout l'argent qu'il avait investi, tout ce qu'il avait acquis et construit peu à peu.

Des copains à lui restaient au studio pendant ces trois jours, des connaissances, des types qui étaient censés faire une présence. Ils étaient censés sécuriser, en contrepartie utiliser le studio pour eux en son absence. À l'atterrissage à Roissy, il y a un message sur son répondeur. Le studio est fracassé. Il porte plainte. Il va y avoir une enquête. Il essaie de rester calme. Il ne veut voir personne de toute la bande. Il se focalise sur retomber sur ses pieds. Les cambrioleurs ont cassé tout un pan de mur pour desceller la porte. Il a une assurance. Il y a un problème de type de local, de type de bail. L'assurance ne le rembourse pas. La police ne trouve rien. Il ne peut plus payer ses factures. Il va sombrer. Il a perdu son outil, ses mains sont vides. Il ne voit plus personne. Il n'y en a qu'un qu'il ne regrette pas d'avoir rencontré, Franck Rosen, avec qui il faisait des collections de musique caribéenne, et haïtienne. C'est le seul qu'il voit encore. Les autres il les efface de sa mémoire. Il n'a plus de matériel, plus d'argent, plus de relations. Il se dit qu'il a trimé toute sa vie comme un esclave pour trouver de l'argent et monter son studio, ce studio il le perd. La seule chose qu'il a en tête c'est trimer de nouveau. Retrouver de l'argent, essayer de se refaire sans perdre de temps. Il veut garder son sang-froid. Il ne veut pas savoir qui l'a cambriolé. Il part en Martinique vendre des fruits. Il retrouve Franck Rosen en Guadeloupe. Pour ne pas voir les autres, il annule les concerts qui étaient prévus en France. Il cherche des moyens de rebondir. Quand il gagne un peu d'argent, par les légumes ou en tant qu'ingénieur du son, ce n'est pas des tonnes. Ça ne couvre pas les pertes. Il envoie un ou deux loyers de retard à Hélène. Il reste plusieurs mois sans rien envoyer. Il est parti sans lui demander son avis. Il lui a dit que ça allait être compliqué mais qu'il allait trimer comme un esclave et qu'il allait trouver de l'argent. Qu'il ne pouvait pas rester dans la routine, qu'il était dans une course.

Elle a été vendeuse chez Armani avant la naissance de Clara. Dans leur corner des Galeries Lafayette. Elle faisait des remplacements. Elle pourrait retravailler dans la mode. Une connaissance de Billy la recommande au patron d'un journal de mode qui cherche une assistante. C'est pour gérer l'agenda, les castings, appeler les bureaux de presse, faire livrer les vêtements, organiser les coursiers, booker les mannequins. Elle obtient le rendez-vous, elle est prise. Elle reste une journée. Le lendemain elle reste avec les enfants. Elle préfère gérer à sa manière comment les habiller et les faire manger. Elle touche les aides de la CAF, de l'État, l'APL. Quand la Sacem tombe, elle paye des loyers de retard. Personne ne sait exactement ce que fait Billy en

Martinique. Chloé ne sait même pas qu'il est parti. Pour elle il a disparu. Il téléphone régulièrement à Hélène. Elle est solidaire mais ça dépend, c'est variable.

À son retour à Paris, il s'inscrit dans des boîtes d'intérim. Quand il n'a rien, il saisit brusquement le téléphone en feuilletant l'annuaire. Sous prétexte qu'il est noir et que le labeur ne lui fait pas peur, il téléphone à des entreprises de déménagement. Il n'a pas d'expérience, il n'a pas le physique. Ça ne marche pas, mais il se démène. Il trouve des installations sonores payées dix euros de l'heure. Il fait partie d'une petite équipe de gens disponibles qu'on peut appeler à toute heure, pour installer des micros dans une salle de conférence, pour une soirée, un meeting. Il faut faire le montage vite, le démontage aussi vite, à la dernière minute, il reste trois jours sans dormir pour brancher des câbles, sous la direction de quelqu'un qui n'a pas le quart de ses compétences. Il remonte un peu la pente. Il remet un peu d'argent de côté, et il reprend. Il redémarre un studio. Réinvestit le peu qu'il a trouvé dans un local à Porte de la Chapelle, et s'entoure de gens nouveaux. Ça implique plus d'absences, et la location du local. Il fait des petites choses pour des maisons de disques. Il remonte la pente, peu à peu. Le nouveau studio prend une petite vitesse de croisière. Les choses commencent à se stabiliser. Mais le fond est ravagé.

Il s'investit encore dans toutes sortes de leurres, le spectacle, la musique, pense qu'il va s'en sortir en travaillant... Il ne perd pas tout de suite confiance.

Chloé lui en veut. Il avait disparu, elle tombait sur un téléphone qui ne prenait plus de messages. Elle n'est pas d'accord pour vivre comme ça. Elle a rencontré quelqu'un d'autre. Elle ne lui retombe pas dans les bras tout de suite quand il la rappelle. Il lui explique. Ils se remettent ensemble. Il ne rentre presque plus chez lui. Il donne de l'argent à Hélène dès qu'il le peut. Elle s'en sort avec les aides de l'État, la pension de son mari qu'elle ne déclare pas, et ce que Billy lui donne. Le studio se stabilise. Jusqu'au moment où les nouvelles rencontres se révèlent être des planches pourries. Avec des histoires d'alcool. Toute une nuit Billy et Franck se font menacer par des mecs soûls qui pointent sur eux un fusil, en les accusant d'avoir touché cent vingt mille euros sur un disque derrière leur dos. Il se dit : c'est bon, j'arrête ce truc.

Les gens avec qui il refaisait des affaires perdent de nouveau confiance. Les derniers projets tombent à l'eau. Il fait encore deux trois petites choses. Rien à voir avec la régularité d'avant. Il en a marre de tout. Il est dégoûté. Il ne peut plus rien créer. De toute façon autour de lui il n'y a plus personne. Plus rien. C'est le trou noir. La seule solution serait de retourner en Martinique avec ses potes vendre des légumes, mais bon...

Il fait encore un petit disque en Jamaïque, un peu d'argent rentre. Ça ne stabilise pas Convention. Il a plusieurs loyers de retard. Il ne parle à personne des difficultés qui s'accumulent.

Hélène se débrouille avec ses aides, et la pension alimentaire qu'il ne contrôle pas. Il n'est pas le mari de sa sœur qui travaille à Londres ni l'Antillais qui sort avec sa femme blanche pour danser le zouk le samedi soir. Il n'a plus rien. Ils ne s'entendent sur rien. Ils n'ont plus aucune discussion.

Il se dit qu'il est dans une transition. Il ne demande rien à l'État. Il ne veut pas du RMI. D'après lui ça ne sert à rien et ça enfonce. Mais quand les loyers s'accumulent, ça crée des tensions autrement plus violentes que les disputes d'avant sur les chaussures et les cheveux. Il cherche une solution mais n'y croit plus. Il n'a plus confiance en personne. Le manque d'argent s'installe. Il est *vraiment* dans le trou noir. Il se dit qu'il y a des gens qui peuvent, qui peuvent tout, d'autres qui ne peuvent rien. Qu'il fait partie de ceux qui ne peuvent rien. La nuit il pleure sur son oreiller.

Hélène vient d'avoir quatre enfants coup sur coup. Elle est fatiguée. Elle n'en peut plus de cette vie. Il n'est jamais là. Ça s'est dégradé. Ils n'ont pas d'argent. Il ne s'investit plus. Il parle fort. Quand il est là il dort l'après-midi. Elle gère les enfants toute seule. Elle en a toujours un sur le dos, dans le ventre, dans les bras. Il n'est pas là pour les anniversaires. Elle a des problèmes de dos. Il ne faut pas qu'elle retombe enceinte. Son ex-mari l'insulte à chaque coup de fil parce qu'elle vit avec un Noir. Elle sature. Un soir, Franck passe le chercher à la maison. Au moment de sortir, dans l'entrée, il pose sa main sur son épaule, elle la retire, elle la prend, comme avec des pincettes, entre ses deux doigts :

— Fais pas ce que t'as pas l'habitude de faire. Là tu veux faire style.

Clara est dans la pièce à côté en train de jouer du piano.

— Profite, parce que le piano bientôt on va être obligé de le vendre.

Le jour de la fête des Mères, Billy faisait le ménage dans la maison et sur la terrasse. Lui et ses cousins y pensaient toute la semaine. C'était un jour exceptionnel. Ils étaient sages, irréprochables, heureux. C'était un des deux repas de l'année, avec les Rois chez sa grand-mère, où toute la famille se réunissait. Tous les dimanches, son père venait déjeuner. Il le voyait chaque semaine. Il n'avait pas l'impression de souffrir de son absence. Sa mère était considérée comme une femme exceptionnelle. Supérieure aux autres. Chaque fois qu'il y avait un problème dans le quartier, il atterrissait chez elle. Elle travaillait à la mairie. Elle avait une voiture. Pour pallier les manques, elle multipliait par deux son amour pour lui. Il a eu un vélo avant ses cousins. Ensuite une moto. Lui, le soir, il embrassera ses enfants lui-même. Il est beaucoup absent mais ils habitent encore ensemble, il ne reculera pas devant tout. On ne se multipliera pas par deux pour pallier des manques. C'est le but qu'il s'est fixé. Il n'a peut-être pas d'argent, il ne peut peut-être pas grand-chose. Mais ce but-là, il va l'atteindre.

De temps en temps il loue un studio à la porte Maillot, ou plutôt les gens avec qui il travaille le louent. Ça lui fait gagner un peu d'argent. Pas beaucoup mais ça paye des loyers. Ils n'ont pas de grande surface pour l'instant mais il a demandé à l'OPAC un logement plus grand. Lui n'y resterait pas, il sait qu'il va partir. Il ne réfléchit pas en temps. La journée il dort. Chez Chloé ou chez lui. La nuit il travaille. Puis il traîne, jusqu'au matin. Il passe chercher ses enfants à Convention pour les conduire à l'école. Le mercredi, pour les emmener au judo et au dessin. Il s'arrange avec Hélène pour y aller quand elle part. Ils peuvent aussi se retrouver ensemble dans l'appartement. Il y croit. Ça arrive encore.

Parfois il rentre. C'est là qu'il range ses vêtements, qu'il prend ses douches, ils peuvent dormir encore ensemble, partager un lit. Il peut s'allonger à côté d'elle. Il peut aussi ne pas rentrer pendant trois jours. Rester chez Chloé. Écouter avec elle du hip-hop, du rap et des musiques urbaines. Elle s'y intéresse. Ils en parlent. Elle voudrait travailler dans un studio photo, dans un magazine, ou dans une télé. Il essaye de l'aiguiller. Il regarde le foot chez elle, chez un copain ou chez lui, suivant les circonstances. Ce qu'il appelle chez lui c'est toujours Convention.

Chez Chloé il a trois T-shirts, trois paires de chaussettes et un pantalon. Hélène ne sait pas où il va quand il s'absente. Quand il rentre, il est censé avoir passé la nuit sur le canapé d'un studio. Il lui dit qu'il va partir. Que ce n'est pas sa vie, qu'il ne peut pas vivre comme ça éternellement :

— Je vais pas rester longtemps dans ce genre de truc. Un jour ma tête va partir en travers. Cette vie-là ne m'intéresse pas.

Il le dit à haute voix. Il se prépare.

Il sait qu'il a une épée de Damoclès au-dessus de la tête. Il lui dit qu'il le sait, qu'il n'est pas dupe. Les policiers peuvent revenir à tout moment. Il suffit qu'elle parte dans une colère et qu'il perde son contrôle. Tout de suite il ira en prison. Il court ce risque en restant chez lui, il le sait. Elle le sait aussi et elle s'en sert. Elle joue avec ce risque. C'est son échappatoire. Sa seule issue pour qu'il parte sans droit de visite. Elle se sert de l'épée de Damoclès comme d'une arme. De temps en temps elle la charge. Devant lui. Elle la caresse. S'il pouvait perdre son contrôle. Si la police pouvait intervenir. Elle y pense depuis le jour où les flics sont venus, qu'il a failli ne pas pouvoir revenir.

« Si ça se reproduit... » la police a dit. « S'il y a une prochaine fois... » Ce sera la prison. Il pense au père de Mary et à ces histoires d'attouchements. Le motif du départ d'Australie quand il l'a rencontrée.

— Je ne vais pas devenir un délinquant sexuel pour te faire plaisir.

Elle ne répond pas. Quand les flics disent « Si ça se reproduit », le *ça* en question c'est un accident dans le cadre de la maison. Il n'aurait plus le droit d'approcher Mme Lucas, il ne pourrait plus rentrer chez lui, il ne verrait plus ses enfants. Voilà l'enchaînement.

Il sort avant que ça s'envenime. Tout de suite, dès que ça monte, dès qu'elle s'énerve. Pour ne pas soumettre son mental à une épreuve. Ils se sont disputés cent fois. Une fois supplémentaire ne va rien apporter. Il n'y a plus d'ouverture. Il se fiche de ce qu'elle pense. Ils sont déconnectés. Il sait qu'il doit se préserver et qu'il y a un piège. Il fait tout ce qu'il faut pour l'éviter. Il quitte l'appartement dès que ça se complique. Pas trop souvent non plus. Il ne doit pas faire d'acte d'abandon, il perdrait l'autorité parentale. Il y a deux pièges. Il fait attention, il dose. Il sautille de l'un à l'autre. Comme dans une flaque d'eau brûlante. Parfois pourtant, il aimerait bien sauter dedans directement.

La voisine du dixième lui devient très antipathique. Quand il passe avec les enfants, ou qu'ils se croisent dans l'ascenseur, il dit bonjour, les enfants aussi, pour lui c'est déjà beaucoup. Le lendemain, ou l'après-midi :

— Pourquoi les enfants ont pas été embrasser Charlotte ce matin ?

— Il y a pas eu de familiarité, c'est tout. Ils ont dit bonjour mais ils n'ont pas été faire la bise.

— Pourquoi ?

— Parce que ça me soûle. Parce que c'est des voisins.

Elle répète à Hélène ce qu'il fait et dit aux enfants. Un matin, il la croise dans l'ascenseur :

— Vous ne m'êtes pas sympathique. Je ne vous connais pas. Mes enfants ne sont obligés à rien envers vous. Et je n'aime pas beaucoup quand vous venez chez moi.

C'est une Noire de la Martinique. Son mari est blanc, alcoolique. Parfois il est tellement soûl qu'il ne peut pas ouvrir la porte de chez lui. Il n'arrive pas à mettre la clé dans la serrure. Un jour, on frappe, Billy est seul à la maison. C'est lui, il ne peut pas rentrer chez lui. Il n'arrive pas à mettre la clé dans la serrure, il demande si quelqu'un peut venir. Billy prend le trousseau de clés, il monte au dixième, il ouvre la porte. Les relations s'arrêtent là.

Hélène pratique tous les matins. Elle récite des mots, des sortes de prières, avec une cloche, assise. Elle a une boîte avec une cloche, elle tape dedans. Elle récite un truc, il ne veut pas savoir en quelle langue, elle tape dans la cloche en même temps.

La seule chose qu'il exige :

— Tu mets pas les enfants là-dedans !

Il est très clair. Un soir il rentre, il va dans la cuisine : Hélène est en train d'éplucher des légumes, et Jérémie en train de mettre la table, avec la tête rasée comme un petit bouddha. Avant il avait les cheveux un peu longs, dans la nuque.

— Je ne veux plus jamais voir la tête de cet enfant rasée comme ça.

— Il voulait se faire couper les cheveux, c'est lui qui a demandé !

— C'est pas les cheveux courts ça. Ce qu'il t'a demandé c'est pas ça, ça c'est pas le même trip. Il t'a pas demandé le trip bouddhiste. Je ne veux plus voir la tête de cet enfant comme ça.

La semaine d'après, Diego, même coiffure. Maurice a un an et demi, il est trop petit, ses cheveux sont trop frisés, ils font des petites bouclettes serrées. Quelques jours après, Hélène est sortie, les enfants sont dans leur chambre, il tombe sur une lettre dans l'ordinateur. Avec une photo de Jérémie en petit bouddha, avec sa tête rasée, et la bonne femme du dixième, assise à côté, en train de faire des gestes... Il appelle les enfants. Il leur demande si le bouddhisme ça leur dit quelque chose, et s'ils sont déjà allés à des réunions. Ils haussent les épaules pour montrer qu'ils ne savent pas. Puis répondent non les uns après les autres.

Hélène rentre.

— Est-ce que les enfants participent à ce genre de trucs ?

— Oui, parfois je les emmène.

— Je t'avertis. Tu fais ce que tu veux. Eux restent en dehors de ça. Je te l'ai déjà dit. Vous, vous m'avez menti. Venez on va discuter.

Hélène s'énerve.

— Mettez vos manteaux, on sort.

À partir de là il se rend disponible pour qu'elle puisse aller à ses réunions. La vie de tous les jours reprend le dessus. Avec un problème de plus.

Hélène a un regard constamment énervé. Elle regarde fixement, méchamment. Elle vit avec ces yeux-là. Elle a des regards, c'est comme ça. C'est devenu son regard. Une parole l'accompagne à la moindre occasion. Il se fiche de ses yeux. Il est habitué. Les paroles sortent pour un grain de riz par terre, un aspirateur mal passé. Elle a ce regard en permanence. Enragé, prêt à bondir.

Ça n'empêche pas les enfants de rigoler et de s'amuser. De souffler leurs bougies pour leurs anniversaires. Et de lui laisser une part de gâteau s'il n'est pas là. Il passe Noël rue de la Convention. Les enfants déballent leurs cadeaux. Ils se demandent si le Père Noël existe. Il les regarde s'amuser. Mais n'arrive plus à vivre là.

— Tu sais que la police est venue chercher le mari de Charlotte ?

— OK.

Il ne demande pas les détails.

Elles sont de plus en plus proches. Elles se voient tous les jours. Elles sont amies. Le mari a dégagé. Billy dort chez Chloé tous les soirs. Quand Hélène et les enfants partent en vacances, il ne part plus avec eux. Parfois, il dort encore à côté d'elle. Ils font l'amour une dernière fois. Elle veut qu'il la sodomise. Ensemble ils ne l'ont jamais fait. Il aime cette position d'habitude, mais là il s'interrompt.

— J'arrête ça.

D'habitude il aime pour l'abandon que ça suppose. Il insiste pour le faire tant qu'il y a une résistance. Sauf si la personne a mal, ou s'abandonne sans problème et que ça ne correspond à rien. Ce n'est pas pour le plaisir lui-même. En général c'est lui qui demande. Dès qu'il voit que c'est possible il laisse tomber. Ça devient une position sexuelle comme une autre. Il aime que ce soit possible, que ça l'ait été, que la personne se soit abandonnée, dans cette position il se sent aux commandes. Il n'a pas besoin d'en jouir à répétition. Il vérifie juste une fois ou deux. Avec elle il n'avait jamais essayé. C'est elle qui a demandé. Il s'interrompt. Il n'aime pas.

— J'arrête ça.

Il sort d'elle, et se retourne sans l'embrasser. Ni sur la bouche ni sur la joue. Il ne la prend pas dans ses bras. Il s'endort là-dessus. Elle ne se plaint pas. Elle se masturbe avec son doigt, comme toutes les femmes. Elle a un sex-toy qu'elle a eu dans un magazine, elle ne l'utilise jamais. Il traîne dans ses affaires. Après, il n'y a plus de rapport physique entre eux. Il est avec Chloé. Le plaisir de penser à ses enfants ne disparaît pas. Mais au fond de lui il y a une inquiétude. Dès qu'Hélène s'absente, il va rue de la Convention. Ils peuvent encore être ensemble dans l'appartement. Si c'est la nuit, il se couche à côté d'elle, et il s'endort.

Il n'a pas oublié l'épée de Damoclès. En cas de tension, il se relève, et il va dans la chambre des enfants. Il se glisse dans le lit de Clara. Il n'y a pas d'ambiguïté, aucune chance qu'Hélène puisse l'utiliser. Il faut qu'entre eux il puisse fermer une porte. Leur chambre n'en a pas, c'est la salle à manger, elle n'est pas séparée du salon. Il y a une porte coulissante, elle ne coulisse plus. Il pourrait dormir sur le palier ou arriver chez Chloé au milieu de la nuit. Il ne le fait pas. Il va dans la chambre des enfants. Il ferme la porte. Maurice est dans son lit de bébé. Le lit de Jérémie est trop petit, celui de Diego aussi. Mary et Clara ont des lits superposés. Il s'allonge dans celui du bas.

Hélène a passé la nuit chez ses parents, elle rentre à l'aube.

— Hé tu te réveilles. J'ai un truc à te dire. T'as mis mon père sur écoute. Et je suis au courant.

— Qu'est-ce que c'est que ces histoires ? Je comprends rien à ce que tu dis.

— Je répète : tu as mis mon père sur écoute, je suis au courant. T'as compris là ? Fais pas style tu tombes des nues, c'est pas la peine. Je le sais.

— Comment j'aurais fait pour mettre ton père sur écoute ? Je sais même pas comment on fait.

— Bien sûr ! !

— Tu sais comment on fait toi pour mettre quelqu'un sur écoute ?

— Te fatigue pas. Je le sais. T'as mis mon père sur écoute. Je suis au courant. Point.

— Va demander aux RG, à Mitterrand. C'est peut-être eux.

— Mais oui.

— C'est peut-être eux qui l'ont mis sur écoute. Pourquoi je le mettrais sur écoute ? Il a quelque chose d'intéressant à me dire ?

— Tu nous prends pour des cons ?

Billy se tourne contre le mur, il garde les yeux fermés.

— T'as mis papa sur écoute, me dis pas que tu sais pas comment on fait. Pour nuire aux gens ça va, tu te débrouilles.

Il essaie de se rendormir.

— Hein ? Hein que t'es fort ? Ça fait tellement longtemps que t'attendais une occasion pour nuire à papa.

Elle est très proche de son père. C'était elle qu'il appelait quand il voulait venir écouter un disque chez eux. Elle trouve que sa mère est injuste avec lui, qu'elle lui donne des ordres, qu'elle lui parle n'importe comment, depuis qu'elle gagne de l'argent avec ses gardes d'enfants. Lui n'a rien. Il n'a pas de retraite.

— Arrête de faire comme si t'entendais pas. Et ouvre les yeux, c'est insupportable, merde. Tu sais très bien ce que t'as fait. Tu sais plus ce que tu fais ? Tu te fous de moi, tu te fous de nous... Ça suffit maintenant... Tu m'entends ? TU M'ENTENDS, DIS ? TU ARRÊTES DE TE FOUTRE DE MOI, DE NOUS, DES ENFANTS, DE TOUT LE MONDE.

Ça monte. Elle crie.

— ... voilà la vérité. Mais maintenant je sais. De quoi t'es capable. Ça va changer. J'ai compris. T'es jamais responsable de rien. Monsieur est un saint. Hein ? Hein que t'es un saint ? T'es pas un saint t'es un traître. Personne t'a jamais vu te remettre en question toi. Monsieur est au-dessus de ça. Ça t'est déjà arrivé de te reconnaître UN tort ? Un seul ? Jamais.

Il y a une furie au pied de son lit. Billy ne peut pas se rendormir. C'est impossible. Il est complètement réveillé.

— Si ton père est sur écoute, c'est pas moi qui l'ai mis ! OK t'as choisi ça pour faire ton boucan. C'est le truc du jour. Je vais pas te dire que ça m'étonne ! ! Tout ce que je peux te dire c'est que je vais pas rester dans cette vie encore longtemps. Ça va pas durer. T'inquiète pas.

— Tu dis toujours ça mais t'es toujours là. J'en peux plus de toi. Tu le comprends ça ? Tu t'incrustes. Tu t'accroches. T'es une tique ? Pourquoi tu t'accroches ? Ça suffit là. Tu comprends ?

— Très bien. Je comprends très bien même.

— Tant mieux si c'est clair.

— C'est très clair, t'inquiète pas. Ça va plus durer très longtemps…

— T'avais pas à mettre mon père sur écoute. C'est tout.

— … c'est bientôt fini mais ça sera à MON heure. Pas à la tienne. Ça sera quand je le déciderai. C'est moi qui vais te dire quand. Tu crois que tu vas me virer comme ça ? C'est MOI qui vais partir.

— C'est la goutte d'eau là. Ça déborde. On n'en peut plus. Assez. ASSEZ !

Là-dessus elle part. La porte claque.

Il reste dans son lit. Il ne se sent pas coupable, juste fatigué. Il voudrait bien se rendormir. Il y croit encore un peu. Il se rendort. Les enfants se réveillent, il les conduit à l'école. Il va les chercher à la sortie. La journée passe. Hélène ne rentre pas le soir. Il n'est pas inquiet. Il se dit qu'elle est en train de se calmer. Que la tension doit être en train de retomber. Les écoutes, c'était le truc du jour, ça va passer. Elle va se calmer. Il ne cherche pas ce qui a pu provoquer ça. C'était un délire. Le soufflé va se dégonfler. Il se dit qu'il faut absolument qu'il rentre chez lui plus souvent pour éviter ce genre de déraillement. Ça doit être le résultat de tout un tas de malentendus. Qui se sont accumulés. Jusqu'à donner ça. Il ne faut plus laisser le silence s'installer. En étant plus présent, il verra ce qui est encore possible.

Le lendemain matin à neuf heures, Hélène rentre. Les enfants sont debout. Billy vient de leur faire leur petit déjeuner. C'est samedi, ils ne vont pas à l'école. Sauf Mary, qui a cours le samedi matin, et qui n'est pas là. Billy est sous la douche. L'eau est bien chaude. Il fait son shampoing, ses yeux sont rouges. Les glaces sont embuées. L'eau coule sur ses épaules. Hélène fait un tour dans la cuisine, jette un coup d'œil dans les autres pièces. Tout d'un coup, fait irruption dans la salle de bains, excédée et furieuse, très speed. Les yeux plissés. Qui le fusillent.

— Le pain qu'il fallait pas prendre, évidemment tu l'as pris. C'était le pain de ma mère, mais c'est celui que t'as pris. Bien sûr. T'es vraiment capable d'aucune attention. À ce point-là c'est rare. Tu remarques rien, tu te poses aucune question, tu vois un morceau de pain, tu le bouffes. Tu te demandes même pas ce qu'il fait là. Ça te traverse pas l'esprit. Tu ne te demandes pas qui l'a acheté. Tu te demandes rien. Tu te demandes jamais si tu fais bien ou mal, ou s'il faut faire attention à quelque chose. Et t'es jamais en tort, c'est ça qui est génial avec toi.

Ça doit être sympa d'être toi, d'être dans ton cas. Elle doit être cool ta vie. Ça doit être sympa d'être quelqu'un qui a jamais tort. J'aimerais bien moi. Et qui pourtant fait tout un tas de conneries. Tu peux pas être en tort, pourquoi tu ferais attention, il y a une forme de logique là-dedans. Toi responsable de quelque chose ça n'existe pas. Mais tu l'es responsable mon vieux, je venais chercher un pain que j'ai acheté pour ma mère, et il n'y est plus ce pain. Pourquoi il y est plus ? Parce que tu l'as bouffé. Qu'est-ce que je vais dire à ma mère ? Que t'as bouffé son pain ? Hier je venais le prendre, je l'ai oublié. Tu m'as exaspérée à même pas écouter ce que je te disais. À garder les yeux fermés pendant que je te parlais. Je venais prendre ce pain. Je l'avais acheté la veille dans le cinquième. Et je l'ai oublié parce que j'étais hors de moi. Je sais pas si tu te rends compte de ce que ça fait de parler à quelqu'un qui ferme les yeux parce que il en a rien à foutre. Je peux plus continuer comme ça. Et ce matin j'arrive, fatiguée, et toi t'as bouffé le pain. Je sais que c'est toi qui l'as pris. Jérémie me l'a dit.

— OK. Sors de la salle de bains, je vais m'essuyer. Et on va prendre cinq minutes pour parler.

Il sort, une serviette enroulée sur la tête, son jean enfilé sur la peau encore humide.

— Dis-moi ce que c'était comme pain, je vais aller en racheter un.

— Aujourd'hui ils sont fermés, je l'avais acheté avant parce que je sais qu'ils ferment la dernière semaine de juin. Leur fils est mort cette semaine-là, ils ferment. Il fallait pas y toucher, c'est tout.

— Je vais racheter le même pain. J'y vais tout de suite.

— Je te dis que c'est fermé. T'as les oreilles bouchées ? Je te dis que c'est pas la peine d'y aller, ils sont fermés. Je te parle pas d'y aller. C'est trop tard, c'est pas de ça que je te parle.

— Ils doivent bien le faire ailleurs ce pain.

— Je te dis que c'est pas possible, c'est fou que t'arrives pas à entendre. Atterris. Je te dis qu'il y avait un pain au fromage, sur la table de la cuisine, et que t'avais pas à le prendre. C'est tout. Et que c'était le pain de ma mère. Que j'étais allée chercher spécialement dans le cinquième, et que j'ai oublié de prendre hier, alors que je venais pour ça.

— Il y a pas que dans le cinquième qu'ils font des pains au fromage quand même ! Dis-moi où tu veux que j'aille. Je serais déjà revenu avec un pain si tu m'avais dit tout de suite où je peux en trouver. Mais non il faut que tu parles que tu parles que tu parles, que tu fasses tes reproches...

— Aujourd'hui tu peux pas. Il y a rien à ajouter. T'avais juste à pas manger un pain que t'avais pas acheté toi-même. Est-ce que ça au moins tu le comprends ? Ou c'est trop compliqué ?

— Non, c'est pas compliqué. Je le comprends.

Il comprend qu'il y avait un bout de pain sur la table qui le tentait, il en a pris la pointe sans se demander d'où il venait.

— Tu t'excuses pas ?

— Si. Excuse-moi.

Elle n'aime pas le ton qu'il utilise, ce ton n'est pas sincère, ses excuses ne servent à rien. Elle n'en peut plus. Elle est fatiguée. Elle crie.

— J'en ai vraiment assez. Assez assez assez assez...

Elle a les yeux qui font des éclairs. La foudre va tomber. Sa voix part dans les aigus, elle dit des tonnes de mots. Ça forme un nuage de mots emmêlés. Une nuée. Un nuage de plus en plus gros. Qui enfle. La fréquence de la voix est désagréable. Ça hurle. Ça hurle dans la tête de Billy. Le nuage est dense. Elle a des inflexions très ouvertes sur les nasales, elle les a toujours eues, il ne les a jamais aimées. Tous les « an » les « on », elle les ouvre, quand elle dit « absolument », « uniquement », dès qu'il y a un « ment », on a l'impression que la mâchoire tombe, ça s'ouvre dans la gorge, il a toujours détesté ces inflexions qui tombent, qui donnent l'impression qu'elle a du fromage blanc dans la bouche. Il le refoulait, ce n'était pas grave. D'ailleurs au début il ne les détestait pas, il les trouvait juste bizarres, curieuses, pas musicales, comme si le mot ne se fermait pas, et qu'elle restait la gorge ouverte, comme si elle avait quelque chose dans la bouche, en plus du mot. Comme si elle mangeait un truc onctueux, qui faisait déraper la syllabe. Il y a ça, qu'il n'aime pas, et en plus, des stridences. Des déraillements. Les mots crient. C'est strident. Il n'entend plus des mots, mais des fréquences qui l'agressent. Le nuage gonfle. C'est compact. Lourd, comateux. Avec les nasales trop ouvertes, qui ne dessinent plus les contours des syllabes, mais les noient dans une flaque crémeuse. Les mots sont informes dans la bouche. Avec une voix, un timbre, qui lui vrille les oreilles. Il n'y a plus de mots, il y a du son. La fréquence de la voix, uniquement. La persistance. La mâchoire qui tombe, les éclairs dans les yeux. La haine. Le tunnel. C'est le piège. Ça y est, c'était ça le piège. Le piège est là, on y est, c'était ça. Un trou se fait dans la tête de Billy. Blanc, vide, noir. Grand, immense. Tout se dérobe. Il ne tient plus rien. Il n'y a plus rien à tenir, plus de rebord. Il n'y a plus de bord à rien. Il est fini. Il y a un drame dans sa vie. Le coude part. Hélène le reçoit dans la bouche. Voilà.

Le coude est parti.

— Tu m'as tuée.

— Mais non va. T'es vivante. Tu vas survivre, tu verras.

Elle monte chez la voisine.

Il entend les sirènes.

Il n'est pas habillé, il est encore torse nu. Il sortait de sa douche, il venait à peine de s'essuyer, il a son jean. Il enfile son T-shirt gris, son T-shirt jaune par-dessus, celui avec l'étoile de David, il met ses baskets, il prend son gilet bleu marine. Il dit au revoir aux enfants. Il descend en bas de l'immeuble. Les flics sont devant l'ascenseur.

— C'est pas la peine de monter. C'est pour moi que vous venez.

Il leur donne son passeport.

— Tu m'as tuée.

— Mais non va. T'es vivante. Tu vas survivre, tu verras.

Elle part chez la voisine. Il marche de long en large dans la cuisine, il arpente la pièce, il ressort par la porte qui donne dans le salon, Maurice est là :

— Papa, maman.

— Ta maman elle est dans le couloir.

Il va dans la chambre, il s'habille. Il a eu une espèce de vide, et là tout est clair. Les flics vont arriver, il fait le tour des pièces, il marche. Il parle tout seul, il arpente la cuisine, le salon, la chambre :

— C'est ce qu'elle voulait. Voilà, elle voulait m'éliminer. C'est fait.

Il parle sans aucun ordre :

— C'est fait. Ça y est. C'est ce que vous vouliez. Vous l'avez. T'as eu ce que tu voulais. Faut que j'aille chez les flics. Laissez-moi finir de me préparer. J'y vais. Laissez-moi cinq minutes j'arrive. Vous avez ce que vous voulez... Je mets mes baskets. Cinq minutes. Juste cinq minutes. Cinq minutes.

La voix d'Hélène n'avait pas été aussi douce depuis des années. « Tu m'as tuée. » C'était la même voix qu'au début. Quand ils se sont connus. Souffrante, sensible. Mais endurante. Elle aimait être dominée, elle aurait supporté la sodomie, quand il lui pinçait les seins elle n'avait pas mal. Après le coup de coude, elle était à la merci avec sa voix toute douce, « tu m'as tuée », les yeux mi-clos. Le regard enfoui sous la paupière, effacé, recouvert. Sans doute très beau comme au début.

Le téléphone sonne. Il répond. C'est Mancoal.

— ... ça fait un moment qu'Hélène m'embête... là j'y ai mis un coup de coude, la police va venir me chercher... Non il y a rien à faire.

Il raccroche. Reprend sa logorrhée :

— Elle voulait que les flics m'embarquent. Elle voulait que je dégage, elle voulait que je sois plus là. Elle voulait plus que je sois dans la maison. Elle veut que j'aille en prison. Elle se bat jusqu'au bout. Elle obtient tout ce qu'elle veut. Elle lâche jamais. Tes désirs seront tous exaucés dans cette vie. Je vais dégager, t'inquiète pas. Elle aura ses enfants pour elle toute seule puisque c'est ça qu'elle veut. Obtenir, c'est votre vie. Vous vous fixez un objectif. Vous marquez votre but. Elle perd jamais, c'est une machine à obtenir. À rien laisser passer, elle a pas le temps. Elle laisse pas passer les occasions. Elle est très intelligente.

Aux enfants :

— Papa il va aller à la police.

Ils sont tous là. Sauf Mary. Elle n'est pas encore rentrée de l'école. Billy entend les sirènes.

— Papa il va y aller.

Hélène est au dixième. Il dit aux enfants qu'il les embrasse. Il ne le fait pas, il ne peut pas le faire. Il le dit seulement. Il leur dit qu'il s'en va, que c'est chiant. Clara a des larmes, une petite rigole sur la joue. Elle pleure, elle ne sanglote pas. Ça reste interne. Lui aussi a une larme dans l'œil, il ne la sent pas. Elle ne tombe pas, elle reste en bordure, elle mouille son regard.

— OK papa il va y aller, vous restez sages. OK ?

Les sirènes se rapprochent. Il prend son passeport et un livre. Boris Vian. *L'Écume des jours*. Un poche qu'il lit à ce moment-là. Et un livre sur Jaurès. La dernière fois au commissariat il y avait des heures d'attente. Il pense qu'il pourra lire. Il n'avait pas pris de livre la première fois. Il ne sait pas qu'en garde à vue on ne lit pas. Ni au commissariat, ni dans le dépôt à Cité où c'était tellement sale. Il va probablement y retourner. Voilà, il est prêt. Il descend.

— Bon je descends.

Il descend retrouver les flics. Il ne peut pas poser ses lèvres sur les joues de ses enfants. Il leur redit qu'il les embrasse, et qu'il les aime.

— ... à bientôt.

Et dans l'ascenseur, à lui-même :

— OK, voilà, je descends rencontrer les flics, c'est bon.

— C'est moi. C'est moi que vous venez chercher.

Deux flics montent dans l'ascenseur. Deux autres restent avec lui dans le hall :

— Qu'est-ce qui s'est passé Monsieur ?

— J'ai tapé ma femme.

— Vous lui avez donné une gifle ?

— Non, un coup de coude.

— OK.

Sous-entendu, c'est plus grave qu'une gifle.

— Vous lui avez donné un coup ou plusieurs ?

— Non, un seul.

Ils parlent calmement. Des gens passent dans le hall. Un vieux, le syndic de l'immeuble, fait une réflexion. Le flic le calme :

— C'est pas encore pour vous.

Sous-entendu : vas-y circule, y a rien à voir, ça aurait pu arriver à n'importe qui, même si c'est pas toi qui es là pour l'instant. T'as rien à dire. Le type se tait, disparaît dans l'ascenseur. Un autre passe :

— Qu'est-ce qui vous arrive ?

Le voisin qui parlait à tout le monde, la soixantaine, un peu sportif, pas méchant, plutôt gentil. Il avait toujours un mot pour les enfants.

— J'ai un problème avec ma femme.

La procédure a commencé, le temps court, c'est déjà l'attente. Les deux flics qui étaient montés dans l'appartement redescendent :

— Monsieur, vous êtes en garde à vue.

Ils lui mettent les menottes. Et entrent tous les quatre avec lui dans la fourgonnette.

— Qu'est-ce qui va se passer maintenant ?

— On vous emmène au commissariat Monsieur.

Un de ceux qui étaient dans l'appartement lui demande :

— Vous l'avez tapée avec quoi ?

— Avec mon coude.

— Ouais, elle a un coup sur le nez. Ça a pas l'air trop grave. Il faut qu'elle fasse un examen médical, pour voir combien ça fait de jours d'Interruption de Travail.

Un autre :

— La peine change à partir de cinq jours, c'est pour ça, faut voir si ça fait plus ou moins.

— Elle a prévenu son père, il arrive. Il va rester avec les enfants, et elle elle ira faire l'examen. Nous, on va aller au commissariat pendant ce temps. Ouais les histoires de couple ça se règle pas comme ça.

Ils conduisent Billy dans une cellule de garde à vue. Il y a un banc. Il s'assoit.

C'est une cellule commune. Il y a un Africain qui s'est fait contrôler en voiture, il n'avait pas de papiers. Il était allé chercher son oncle en banlieue, ils arrivaient dans Paris, ils allaient tous les deux à l'hôpital où sa sœur vient de mourir. Pour prévenir la famille en Afrique et rapatrier le corps. Il est en garde à vue, en même temps il raconte son histoire. Personne ne le croit. Les policiers pensent que c'est une technique. Ils vérifient. C'est vrai. Il leur donne des numéros en Afrique pour qu'ils préviennent sa famille que sa sœur est morte aujourd'hui. Il veut qu'ils appellent pour lui. Il gère ça à travers la grille de sa cellule. On vient chercher Billy. On l'auditionne, ça dure cinq minutes. On le reconduit dans la cellule. À travers le mur il reconnaît la sonnerie du téléphone d'Hélène. Elle est là. Ils sont en train de l'entendre. Il y a un jeune qui a été pris en état d'ivresse. Il est assis par terre dans un coin, sale, débraillé mais habillé comme pour aller à une fête. Il a une veste avec une chemise et une cravate. Il ne parle pas. C'est un adolescent, qui a bu de l'alcool et qui s'est battu. Les gens sont proches les uns des autres, les gardés à vue, les policiers. Quand le policier parle, il crie. Tout le monde entend tout.

MONSIEUR, JE VOUS AI DIT : NON.

SI, VOUS ÉTIEZ LÀ.

C'EST À VOUS QU'IL L'A DONNÉ. ON LE SAIT.

Le temps passe. Des choses se déroulent. Les flics ont fait une descente, ils ont arrêté des trafiquants de drogue. Il y a un vice de forme dans l'horaire. Ils veulent le corriger dans le courrier au procureur. Celui qui a fait la faute est contrarié et les autres s'engueulent. Billy n'a que ça à faire, regarder ce qui se passe autour de lui et essayer de comprendre. Il n'a plus rien à faire à part dormir, il a fait sa déposition. Ils sont plusieurs sur le banc, pas trop nombreux dans la cage. L'Africain demande qu'on l'emmène au centre de rétention à Vincennes. De là il pourrait téléphoner.

Hélène a vu le médecin du Samu, l'avis médical dit deux jours d'ITT, elle n'est pas satisfaite, elle veut un deuxième avis.

— Vous pensez que ça peut durer encore combien de temps, Monsieur ?

— Écoutez, elle a demandé un autre avis médical, je pense qu'on l'aura demain. Vous allez dormir là.

Ils ont pris son livre, ses lacets et son passeport, ils ont tout mis à la consigne. Le temps ne passe pas. Il ne mange pas, il ne boit pas. Le repas laisse traîner une odeur qui le dégoûte.

C'est une barquette séparée en deux, avec une partie pour la sauce qui est de l'huile.

Il est entouré de monde :

— Eh rasta !...

Certains sont dans les mêmes affaires, ou se connaissent.

On lui demande s'il veut voir un médecin, c'est la procédure. Il s'endort. Heureusement qu'il avait pris une douche avant de partir. Il se réveille. Une autre journée commence. On attend le deuxième avis médical pour clore le dossier. On lui demande s'il veut voir un avocat. La première fois il avait dit non. On lui précise que ça va rallonger la procédure. Le temps. Il dit oui. Une femme noire arrive.

— Expliquez-moi rapidement mon statut.

— Vous avez été maltraité ?

— Non.

— Vous êtes coupable ?

— Oui.

— Vous êtes là depuis combien de temps ?

Une durée court depuis la notification. Ensuite, il y a l'arrivée au dépôt, l'examen du dossier par le procureur et la présentation au juge. Billy commence à surveiller l'heure. Il pourrait en jouer maintenant qu'il est au courant. Il les speede. Ils ont un délai à respecter. Il ne veut pas montrer non plus qu'il en sait trop, ça l'arrangerait s'ils faisaient une faute. Le second avis médical arrive : « Moins de cinq jours. » La peine change à partir de cinq jours, ça ne change rien au premier avis qui disait deux jours. Mais le cinq est mentionné. Ça la satisfait un peu plus. Il est resté soixante-douze heures. Il part. L'Africain y est toujours.

Il ne connaîtra pas la fin de son histoire. Il arrive au dépôt, à Cité. Tout de suite il sent l'odeur du repas, il y a la même odeur particulière, qui le dégoûte.

Il était sûr d'aller au dépôt. C'est comme la dernière fois la surprise en moins. Il ne sait pas où dormir à cause de la saleté, il sait qu'il va attendre, il y a les menottes, les couloirs, les escortes avec deux gendarmes. Les tags gravés avec des bouts de fer ou une agrafe, dans le mur ou la ferraille du lit, par les types qui sont passés dans la cellule pour ceux qui viendront après eux, avec des bouts de fer ou du feu. À l'intérieur il n'y a pas de fourchette, pas de stylo, rien qui marque ou qui accroche, mais il y en a qui entrent avec des briquets, des bouts de ferraille, leur feuille à rouler avec un bout de shit, le premier fait passer la cigarette, un autre fait passer le bout de shit, un troisième s'occupe de la feuille à rouler. Ils sont opérationnels. Ils savent. Ils examinent son cas tout de suite.

— Qu'est-ce que t'as fait ?

Ils vont lui dire s'il va être relâché ou pas. C'est eux les juges. Il y a un jeune type qui a été pris pour trafic de drogue, un jeune Arabe, il a été arrêté à Belleville dans un square. Il y a un Antillais qui est là pour vol de téléphone avec violence, il a déjà fait de la prison, il va prendre six mois. Dans sa tête il est prêt à être enfermé six mois, ça le fait flipper mais pour lui c'est fait. Billy n'imagine même pas une nuit en prison.

— J'ai donné un coup de coude à ma femme.

— Ah t'aurais pas dû, t'aurais dû lui mettre des gifles, t'as le droit de lui mettre des gifles, si c'était des gifles tu serais même pas là. (Le petit de Belleville.)

— Tu vas voir le procureur et tu vas ressortir. C'est bon. C'est rien ça.

C'est pas des cas graves pour eux. Ils sont sympas, ils sont cool avec lui. Ça les fait marrer qu'il ne veuille pas dormir.

— Prenez les lits que vous voulez. Je vais pas dormir.

Ils sont ensemble, et ils passent à la chaîne, le premier, le deuxième, le suivant. Soit c'est la prison, soit le mec est libéré, soit il voit le procureur. Quand il sort de la cellule commune, à moins d'un hasard, ils ne se reverront pas.

— Allez. Bon courage. Salut.

Billy regarde les gens. C'est ceux qui n'ont rien. Ils sont là, ils sont traités comme des réfugiés. Ils arrivent par vagues. Il y a eu une rafle de filles, il y en a plein dans le couloir. Des Asiatiques. Des Blanches. Des droguées. Des putes de luxe, de bas étage. Les garçons c'est Noirs Arabes, ce n'est pas la même population. Chez les filles c'est plus varié. Il n'y a pas que des putes, il y a des braqueuses, des escroqueuses, il y en a de toutes sortes. C'est moins ciblé. Certaines sont bien fringuées. Les garçons c'est tous des petits mecs. Billy observe. Dehors il ne se rendait pas compte, pour lui le racisme n'existait pas. À part des petits détails. Des gens qui faisaient toute une histoire, parce que on leur avait dit « sale Noir » ou « tu rentres pas dans cette discothèque ». Un tas de petits trucs qui n'empêchent pas les gens de vivre. Là c'est autre chose. Là il voit. Il voit vraiment. Des Noirs et des Arabes partout dans les cellules. En majorité, en tout cas chez les mecs. Ça lui fait mal. C'est là, sous ses yeux, c'est la réalité. C'est objectif. Voilà dans quoi il vit. Il le voit. C'est devant lui. Ses yeux le voient. Voilà depuis tout petit dans quoi il vit. Dans quoi il est né.

Il voit l'immensité du piège, c'est impossible de ne pas tomber dedans. Il s'en rend compte dans ce couloir. Il a devant lui une image réelle. C'est l'image première, non retouchée, c'est l'image clé. Il n'y a pas de mensonge là. Les gens sont nourris avec de la merde. Les types commencent à taper sur les barreaux le soir. Ils tapent toute la nuit. Il n'y a rien d'autre à faire à part taper sur les portes. Le policier, le gendarme, le juge apportent un peu d'humanité quand ils sont là la journée. La nuit il n'y a personne. Personne à qui parler. Personne qui sait. Il se rend compte qu'il est un Noir de plus qui a tapé sa femme blanche avec son coude. C'est comme ça. Ses yeux voient un mix de Noirs et d'Arabes qui n'ont pas de papiers, qui sont là pour vol, problème de famille, dont lui. Ça lui saute aux yeux. La première fois c'était déjà comme ça. C'est de la faute de personne, de tous ceux qui sont là avec lui dans la cellule. Il est là, et il n'est pas blanc non plus. Le Pakistanais a frappé son beau-père qui tapait sa mère. L'Africain, sa sœur est morte à l'hôpital, il est allé chercher son oncle en banlieue avec une voiture dont il n'a pas les papiers, il veut prévenir sa famille en Afrique que sa sœur est morte, il voudrait qu'on l'emmène dans un centre de rétention d'où il pourrait téléphoner. Des histoires de pauvres gens qui n'ont rien. Des Antillais, des Pakistanais, des Africains. Il se dit : tant que ce sera ça l'objectivité, ça voudra dire que la société du dehors, soi-disant libre, est pourrie. En tout cas est loin d'être rose. Si cette population-là est en cellule c'est qu'elle est exposée, si elle l'est c'est qu'il y en a une autre qui l'est moins, et que la plus exposée protège celle qui l'est moins. S'il faut changer quelque chose à cette société, c'est ça, il se dit. Voilà ce qui tourne dans sa tête. Si moi, si moi Billy, j'ai quelque chose à faire dans cette société, quelque chose à changer, en admettant que moi, Billy, j'aie une lutte noire à mener, ce serait faire prendre conscience aux miens que c'est toujours eux qui se font prendre. On est en majorité dans le filet. C'est nous qu'on trouve quand il remonte des profondeurs, des bas-fonds. Si on avait une chose à faire pour la lutte noire, ce serait être lucide là-dessus. Sur nous. La société française devrait chercher de ce côté-là pour se soigner. Non pas mettre plus de Blancs en prison mais changer les proportions. Ce n'est pas qu'il s'en veut. Un engrenage l'a amené jusque-là. Il ne s'en veut pas de ce qui s'est passé. Il s'en veut d'être là. Il s'en veut d'être venu grossir les statistiques. De répondre aux critères. De ça oui, il s'en veut. Il en a marre d'attendre, et d'avoir ce genre d'idées qui lui squattent la tête.

— Est-ce que je pourrais avoir mon livre ?

— Toi c'est pas ta place ici. Qu'est-ce que tu fais là toi ?

Il arrive devant le procureur. Le procureur l'envoie devant un juge des libertés. Trois heures se passent entre les deux, des escaliers, des menottes. Le juge des libertés lui dit : qu'il n'a pas le droit de rentrer chez lui, pas le droit de parler avec Mme Lucas, de l'approcher, de téléphoner. Il aura un procès dont la date lui sera notifiée. Il a encore de l'attente pour récupérer ses affaires. Il prend son passeport, ses lacets, son livre. Son téléphone. Il écoute ses messages. Ça a duré trois jours. Chloé l'a appelé. Il a des messages de sa mère. Elle est à Paris. Elle est venue quand elle a appris qu'il était en garde à vue. Il est dix heures du matin. Il est devant le Palais de Justice, sur le boulevard. Il monte dans un bus qui passe.

Il va chez Chloé. Il prend une douche. Il lui explique qu'il a eu un problème chez lui, et qu'il était en garde à vue.

— T'as pas pu m'avertir ?

— Je pouvais pas téléphoner.

Il dort quelques heures. Puis il donne rendez-vous à sa mère près du métro Saint-Lazare. Ils entrent dans un restaurant sur les boulevards. Ils ne choisissent pas, n'importe lequel.

— Je comprends pas pourquoi t'es là...

— Hélène m'a appelée, elle m'a dit que tu étais en prison.

— Ça aurait pu se régler au téléphone ces histoires. Je t'ai pas demandé de venir. Je vois pas ce que tu viens faire là.

Il n'a pas envie de parler. Ça fait trois jours qu'il répond à des questions. Ils mangent, parlent de ce qu'il y a dans leur assiette. Sa mère veut qu'il prenne un avocat. Il ne veut pas parler de ça. Elle veut savoir s'il a besoin de quelque chose. Il lui répond qu'il n'éprouve aucun besoin. Sauf celui d'être là... devant ses frites et son Coca. Il avait besoin d'une douche, il l'a prise chez Chloé avant de venir. Il n'a plus besoin de rien à part finir les frites qu'il a dans son plat. Il n'a même pas dix euros pour payer. En plus du billet de Fort-de-France, pris au dernier moment à plein tarif, sa mère paye le repas. Il se sent coupable, non pas d'être allé en garde en vue, mais qu'elle dépense tout cet argent. Le matin elle était chez Hélène, qui lui disait qu'il allait faire deux ans de prison, elle lui a répondu :

— Oui Hélène, Billy va faire deux ans pour toi, deux ans pour Clara, deux ans pour Jérémie, deux ans pour Diego, deux ans pour Maurice, deux ans pour Mary. En tout il va faire douze ans de prison pour vous. Mais un jour, il sortira.

Elle est fière d'avoir répondu ça. Billy hoche à peine la tête. Même enfant, il parlait peu. Elle garde l'image de lui petit garçon, mignon, adorable, rieur. Elle ne sait plus trop qui il est. Elle trouve qu'il s'est renfermé. Elle ne comprend pas toujours ce qu'il fait. C'est son seul fils, il est tout seul en France. Quand elle a appris qu'il était en garde à vue, elle a pris un avion tout de suite. Elle aimait beaucoup Faustine, la Camerounaise. Elle était débrouillarde, sympathique, elle avait trouvé un travail en Martinique. Elle n'a jamais compris pourquoi elle était partie. Hélène, elle ne la sentait pas. Elle l'acceptait parce que Billy l'aimait, il l'aimait plus qu'elle ne l'aimait. Elle prie pour lui. Tous les jours à sept heures elle va à l'église du Lamentin. Ce qu'Hélène est en train de faire, Dieu ne le permettra pas éternellement, parce que il y a une justice.

Ils ont déjeuné dans le premier restaurant ouvert à la sortie du métro. Il n'avait envie de voir

personne. Il est pressé qu'elle s'en aille. Il la raccompagne. Elle dort chez sa sœur à Brochant.
Elle repart le lendemain. Il ne la revoit pas avant
son départ et il ne veut pas d'avocat.

C'est l'été. Chloé part en vacances à Dinard,
il reste dans l'appartement de Saint-Lazare. Pendant un mois il ne parle qu'à des anonymes. Il
marche dans les rues sans but précis. Il s'assoit
sur des bancs. Dans des parcs. Il essaye de ne
pas faire attention aux petits enfants qui jouent.
Il ne supporte pas d'en voir. Chloé trouve à son
retour un travail dans une agence de photo. Ils
font des pubs pour Vuitton et Dinh Van, elle part
à huit heures le matin, et revient vers cinq heures.
Ils continuent d'être bien, rien ne change vraiment entre eux. Le week-end ils voient des amis,
ils écoutent de la musique, ils font des courses.
Billy répare la douche. Il monte une bibliothèque dans le salon. C'est la première fois qu'il
s'entend aussi bien avec une fille. Ils ne se sont
rien promis, le ton ne monte jamais, l'ambiance
est saine. Ni l'un ni l'autre ne cherche à prendre
le contrôle, ils ne se disputent pas. Ils sont sur
la même ligne qu'avant, et la même longueur
d'ondes, ils restent dans leur logique, il n'y a pas
de projection, pas de projet, pas de discussion
nouvelle. Ils ne parlent pas de demain. Il tient
à elle. Il prend soin d'elle. Et il lui dit qu'il
l'aime.

Après un concert à Montreuil, qui se termine
plus tard que prévu un soir, il m'emprunte mon
téléphone pour lui envoyer un texto : « je rentre
dans une heure, jtm. » Il me raccompagne en
bas de mon immeuble, me fait la bise, et part.

Il marche vite. Quand il arrive, elle dort. Il se glisse sous la couette à côté d'elle. Deux jours plus tard, il m'appelle. Il veut passer à la maison. Il est dix heures du matin. Je travaille. Il insiste. J'appréhende un peu. Il arrive. Il s'assoit en face de moi. Il me demande si je sais ce qu'il a à me dire. Si je ressens la même chose que lui, ou si j'étais à mille lieues d'imaginer. Il s'assoit à côté de moi sur le canapé. On s'embrasse. Puis on fait l'amour. Il ne veut pas faire de mal à Chloé, elle ne mérite pas ça. Il me demande du temps. Il veut y aller progressivement. Il la quitte quelques mois plus tard. Un soir il arrive à la maison avec un grand sac H&M, dans lequel il a mis deux T-shirts, deux pantalons et une Bible. Je sais qu'il a quatre enfants. Je sais qu'il ne les voit pas. Je n'en sais pas plus. Dès qu'il en est question, son visage se ferme.

Sa peau est douce comme de la soie, ses cheveux on dirait de la laine. J'aime dormir avec lui, dans le lit on se suit, on s'épouse, on ne se dérange pas, on se cale, on s'effleure. Il me plaît. Il me protège sans m'étouffer. Il est léger au propre comme au figuré. Il se déplace comme un chat. Il est vulnérable, il pense à lui en dernier, il est capable d'oubli de soi. Presque trop. Je n'arrive jamais à savoir ce qui lui ferait plaisir. On se dispute souvent à propos de ça. On se reproche de ne pas se dire clairement ce qu'on veut, ce qu'on veut faire. Sortir ou rester, ce qu'on veut manger, quel film on veut voir, où on veut aller. J'aime ses comportements, le fond de sa personne, ce qu'il dit. Il a un côté inachevé, indifférent à ce qui arrive, rien ne pèse, peu de choses comptent vraiment. Ceux qui se prétendent puissants ne le sont pas, regarde le ciel. Viens, viens voir sur le balcon.

Vers onze heures, un soir, il sort retrouver Danger dans un studio d'enregistrement. Il me dit qu'il ne reste pas longtemps. Je me couche vers minuit, je m'endors. Je me réveille vers quatre heures. Je me lève pour aller faire pipi. Les toilettes sont au début du couloir, je sors de la chambre, je passe dans l'entrée, et dans l'entrée, j'entends frapper à la porte. De l'extérieur. Je me recroqueville, dos rond, genoux pliés. C'est la nuit, j'ai peur. Je ne fais plus aucun bruit, j'essaye de ne pas peser sur les lattes du parquet. Les petits coups à la porte se répètent. Je vais voir dans les autres pièces. À pas de loup. Si Billy est dans la maison. Sans faire de bruit. Pour ne pas être entendue par la personne qui frappe. C'est peut-être lui... mais il me ferait entendre sa voix... Je vérifie toutes les pièces à pas de loup. Personne. Je retourne dans l'entrée, toujours sur la pointe des pieds.

— Billy ?
— Oui.
— C'est toi ?

Il a oublié ses clés, il est rentré à minuit et demi, il est resté sur le palier pour ne pas me réveiller. Il s'est d'abord assis, puis il s'est allongé devant la porte. Il dit qu'il a dormi.

Un soir à dix-huit heures il m'accompagne à une réunion de parents. Devant l'école, un clochard est assis sur les marches avec sa bouteille, les parents l'enjambent. C'est notre tour d'enjamber. Il lui dit : « Tu vois pas que c'est une école ? Tu pourrais respecter l'école ! Tu peux pas te mettre un peu plus loin ? » Le clochard s'éloigne, considéré, reconnu, on lui a parlé d'égal à égal.

Ou encore, on prenait le thé un après-midi de premier janvier chez une amie allemande et sa copine palestinienne qui est chanteuse, il y avait deux autres personnes. Quelqu'un commence à poser une question à la chanteuse sur la situation en Palestine. Elle répond, c'est très argumenté. Très daté, très documenté, déclaration Balfour, 1947, sionisme. Puis je commence à entendre des mots qui me font bizarre, comme utilisation par les Juifs de la douleur avec un ton plus ou moins ironique et presque un pincement de lèvres. J'hésite à parler pour ne pas gâcher l'après-midi, finalement je dis quelque chose. Elle tient à ses arguments. Elle ajoute que les Juifs et les Arabes n'arriveront de toute façon jamais à s'entendre sur cette terre. Billy qui n'avait rien dit jusque-là lui demande pourquoi. Parce que les Juifs ne nous donneront jamais un statut d'égalité. Il lui dit : « Et toi tu penses qu'on ne peut pas vivre avec les gens si on n'a pas l'égalité ? »

Ou à la fin d'une dispute qui durait depuis des heures et où je me plaignais, il me dit :

— J'ai eu tort d'y croire, il y a jamais rien qui change, c'est toujours pareil, je sais pas pourquoi je m'obstine. Je ne peux rien, il y a des gens qui peuvent tout, d'autres qui ne peuvent rien, moi je ne peux rien. C'est comme ça. Je fais partie des gens qui ne peuvent rien.

En même temps qu'il disait ça, des larmes coulaient sur ses joues.

Pendant l'automne, ses deux sœurs viennent en France à deux périodes différentes. Les deux fois la même chose se produit. Elles appellent Hélène. Elles conviennent d'un samedi pour prendre les enfants l'après-midi. Le jour est fixé, Billy est heureux. Il va les voir, son visage s'éclaire, ça rayonne, ça éclate, ça pétille. Il va les retrouver vers midi, ils vont se balader avec sa sœur, après ils viendront goûter à la maison, j'achète des gâteaux, des M&M's, Billy part tout content le jour du rendez-vous, la démarche aérienne. Il rentre une heure après.

— T'es déjà là ? T'es tout seul ?

— C'est annulé.

Hélène n'a pas répondu au téléphone quand sa sœur a rappelé pour savoir l'heure exacte.

— Ça sonnait ?

— Je sais pas.

— Ça sonnait dans le vide ?

— Je crois.

Il ne veut pas en parler. Il zappe. Il veut rester calme, et prend les jours au jour le jour.

Il me demande s'il est correctement habillé, il sort. Il est déjà dans l'ascenseur. Il a mis son pantalon bleu-gris et son gilet bleu marine, c'est un peu austère mais ça va. Je lui demande où il va. Au Palais de Justice. L'ascenseur démarre. Je le regarde à travers la vitre de la cabine jusqu'au dernier moment, jusqu'à ce que son visage disparaisse sous le cinquième étage. Le juge pénal le condamne à cinq cent euros pour le coup de coude et trois ans de mise à l'épreuve. Il fait des boulots à dix euros de l'heure pour payer l'amende. Pendant trois ans il ne doit avoir aucun contact avec Hélène. Pour les enfants il faut voir le JAF. Il va aux Affaires familiales, il apprend qu'elle a enclenché une procédure pour lui retirer l'autorité parentale. Il remplit un papier où il déclare qu'il veut voir ses enfants. Que s'il ne les a pas vus depuis six mois ce n'est pas un acte d'abandon mais parce que c'était impossible. Qu'il a essayé par des intermédiaires n'ayant pas le droit de téléphoner lui-même et que ça n'a pas pu se faire.

Elle demande que l'autorité parentale lui soit retirée, qu'il soit condamné à cinq cents euros de pension alimentaire par enfant, qu'il ne puisse les rencontrer que dans un cadre protégé, encadré par des psychologues, surveillé par des caméras, un lieu neutre dont il ne pourrait sortir que seul, qu'il ne puisse pas faire un tour avec eux dans le quartier. Un point-rencontre géré par l'administration. Il prend un avocat. Il va y avoir une audience, une date est prévue en janvier.

Le jeudi avant les vacances de Noël, il décide d'aller à la sortie de l'école. Il le décide le jeudi matin. Il me demande de l'accompagner. J'ai le cœur qui bat. Je panique. Je me demande si je suis légitime. Je ne vais pas savoir comment me comporter, quel visage faire. Je ne suis pas à l'aise, mais je ne peux pas refuser. On ne se connaît que depuis trois mois, on partage l'intimité administrative ! Hélène ne sait même pas que j'existe.

C'est à l'autre bout de Paris en diagonale. Le trajet est long. On sort du métro. On descend la rue de la Convention. C'est une rue très longue. Le trottoir est large. L'école est en bas. De loin, Billy voit Jérémie. Hélène est debout derrière une poussette dont elle tient le volant, avec Maurice dedans. Billy accélère le pas. Il appelle Jérémie, il crie son nom. Il détache les syllabes, il les projette jusqu'au bout de la rue pour qu'elles atteignent ce petit garçon, que j'aperçois au loin. Hélène porte un manteau trois-quarts bleu marine avec une ceinture nouée sur les hanches, et un jean rentré dans ses bottes. Elle a des lunettes en écaille, les cheveux mi-longs, attachés, des mèches sur les yeux. Elle ne sourit pas. Elle a l'air froid, sûre d'elle. Comme si le cadre, une sortie d'école, la renforçait. Des enfants en foule sur un trottoir. Billy tend les bras à Jérémie, en criant :

— JÉ-RÉ-MIE.

Le petit reste à côté de sa mère, le regard fixe, impossible à lire. Il ne bouge pas. On arrive à la hauteur de l'école. Billy le prend dans ses bras. Il le serre. Il le soulève de terre. Mon regard suit l'envolée. Billy rit, il lui parle à l'oreille. Il lui dit qu'il l'aime. Je reste à distance de trois points stratégiques : la porte de l'école, Billy avec Jérémie dans ses bras, la poussette de Maurice dont Hélène tient le volant. Jérémie sourit. Je les regarde. Il a l'air heureux de voir son père. Malgré la surprise et la situation. Le père qui le soulève de terre comme un fou, qui se baisse, qui se relève, qui s'accroupit, prend l'enfant et élance les bras vers le ciel. La mère piquée derrière la poussette, grande et droite. Jérémie sourit ouvertement. Billy prend ses enfants à tour de rôle dans ses bras, Jérémie, Diego, il les soulève de terre. Il les repose. Il les reprend. Les bras montent vers le ciel, Jérémie,

Diego, ils rient. De leur petit rire d'enfant. Billy les embrasse en leur parlant. Un par un. Dans le désordre. Son visage rayonne. Je n'ai jamais vu Billy rayonner comme ça. Maurice est assis dans la poussette qui devient tout un symbole. Hélène a les mains posées sur le volant. Elle me fait peur. J'ai une sensation bizarre. Je reste à l'écart. Je ne sais pas si je dois me tenir près de Billy ou loin. Je me sens en faute. Jugée. Maladroite. Je ne trouve pas de bonne attitude pour mon corps, le déhanchement, la main dans la poche, je ne sais pas si tout ça ça va. J'ai l'impression que ça ne va pas. C'est bête. Justement je me sens bête. Illégitime. Inutile. Nulle. Sans motif pour être là. Sans droit. Sans titre. J'ai l'impression d'être un parasite. Une molécule inutile. Une quantité absolument négligeable. Qu'est-ce que je fais devant cette école que je ne connaissais pas, dans cet arrondissement où je ne vais jamais ? Sur ce trottoir à côté de cette grande femme brune, avec tous ces enfants qui l'entourent. Je suis là pour Billy, j'essaye de me concentrer là-dessus. Je le regarde. Il s'agenouille près de la poussette. Maurice rit. Billy veut le prendre dans ses bras, il détache la ceinture qui le retient au fond de sa poussette.

— Il est malade l'enfant.

La voix d'Hélène s'élève. Claire, nette. Les mots détachés les uns des autres. Il est malade l'enfant d'une voix tout à fait compréhensible. Audible. Billy repose Maurice sans lever les yeux vers la voix. Il met les mains autour de la taille du petit garçon. Il se baisse, s'accroupit, il lui parle à son niveau, celui de sa poussette, les mains autour du petit corps. Il retourne vers

Jérémie, le reprend dans ses bras, sourit. Ses dents blanches s'alignent. Son corps est souple, il soulève les enfants de terre. Ils sourient en s'envolant. Hélène remue la tête l'air de dire « quelle misère ! pauvre type », « tu perds rien pour attendre, tu peux les soulever tant que tu veux, dans cinq minutes ils seront à la maison, t'as de la chance d'être dans un endroit public, profites-en bien, t'as encore deux minutes devant toi, on attend Clara qu'est pas encore sortie, dès qu'elle sort on s'en va, tu vas rester seul sur ton trottoir ».

Billy entre dans l'école, il me fait signe de le suivre. On croise Clara qui en sort. Il se penche vers elle, il l'embrasse. Il lui sourit.

— Elle est où maman ?

— Dehors, avec tes frères.

Il lui demande comment elle va. Il lui dit qu'ils vont se revoir, et reconstruire. On est dans le hall de l'école. Il me tient la main, m'entraîne avec lui. Aperçoit le directeur. La main posée sur mon épaule, il lui demande de lui envoyer un double des bulletins scolaires à sa nouvelle adresse. On sort, le trottoir est vide, il n'y a plus personne. On rentre en bus. Billy regarde Paris défiler par la fenêtre. Paris est magnifique, il est heureux, il fait beau. Il a les photocopies des bulletins scolaires dans son sac.

— Regarde.

Partout des A.

Quelques jours plus tard il est convoqué au commissariat. On l'informe que Mme Lucas a porté plainte contre son irruption devant l'école. Mais que cette plainte n'est pas recevable, l'obligation de ne pas entrer en contact avec la mère n'inclut pas l'école. Le jour de Noël, il me demande de faire l'intermédiaire, de téléphoner à Hélène pour qu'elle passe l'appareil aux enfants. Et qu'il puisse leur souhaiter un joyeux Noël. Je fais le numéro qu'il me donne, ça sonne :

— Allô.

— Oui bonjour, là je suis avec Billy, il voudrait souhaiter joyeux Noël à ses enfants, juste cinq minutes.

— Monsieur Ferrier n'a pas le droit de me téléphoner, il y a eu un jugement, il n'a pas le droit d'entrer en contact avec moi. Et moi je me mets en tort si je lui parle.

— C'est à ses enfants qu'il voudrait parler. Vous pouvez leur passer le téléphone, juste le temps qu'il leur souhaite joyeux Noël, vous vous ne lui parlerez pas, ça va juste durer cinq minutes, c'est les enfants qui lui parleront, vous c'est à moi que vous parlez, c'est pas à lui, vous leur passez le téléphone, et ça va durer cinq minutes. Juste le temps qu'il leur dise joyeux Noël. C'est pas long, c'est rien, c'est juste cinq minutes.

— J'ai pas à vous parler, vous n'avez pas à m'appeler. Vous n'êtes pas médiatrice. Il n'a pas à me téléphoner, il ne doit pas entrer en contact avec moi, il peut leur écrire, ils ont besoin.

Six mois passent, Hélène ne s'est pas présentée à l'audience, qui a été reportée, il a fallu attendre, puis elle a eu lieu, un matin l'ordonnance arrive au courrier. Le JAF maintient l'autorité parentale conjointe. Il fixe la pension à cent cinquante euros par enfant, il donne à Billy un droit de visite un dimanche et un mercredi sur deux, pour l'instant. Pour la suite il ordonne une enquête sociale. Un enquêteur va venir à la maison et ira chez Hélène. Il fera un rapport. Des semaines et des week-ends entiers seront prévus. À la prochaine audience dont la date est fixée.

Hélène fait appel. Elle conteste tout. Le maintien de l'autorité parentale, le droit de visite et le montant de la pension. L'appel n'est pas suspensif. L'ordonnance s'applique dès maintenant. Dimanche prochain, les enfants doivent se trouver en bas de l'immeuble à dix heures, le rendez-vous est fixé dans le hall. Billy se présente à dix heures, en bas de l'immeuble. Il sonne à l'interphone. Pas de réponse. Il resonne. Elle descend avec les enfants. Reste debout à côté d'eux. Il leur dit qu'il vient les chercher. Personne ne bouge. Il entraîne Jérémie à l'écart pour lui parler. Pendant ce temps elle appelle les flics pour violence et trouble à l'ordre public. Billy et Jérémie sont sur le parking quand ils arrivent.

— J'ai le droit de voir mes enfants un dimanche et un mercredi sur deux. J'ai le jugement dans mon sac. Tenez, vous pouvez vérifier.

Il leur tend ses papiers et le jugement.

— Madame ?

— C'est pas un jugement ça !

— Allez Monsieur, circulez. Remontez chez vous les enfants.

Billy appelle son avocat. Qui lui dit d'aller tout de suite au commissariat, porter plainte pour non-présentation d'enfants.

— ... ne vous inquiétez pas, soyez patient, ça peut être un retard à l'allumage. Vous portez plainte pour non-présentation, nous on fait notifier l'acte par huissier, on l'aura demain, comme ça mercredi prochain quand vous y retournerez, elle ne pourra pas dire que ce n'est pas un jugement.

L'huissier coûte quatre-vingts euros. Billy retourne en bas de l'immeuble le mercredi suivant. Il sonne. Même scénario. Les flics arrivent en fourgonnette. Il sort ses papiers et le jugement. Il précise que l'acte a été notifié par huissier. Hélène leur dit qu'il est violent. Ils lui demandent de circuler. Il porte plainte pour non-présentation d'enfants au commissariat du quartier, où il recroise un des deux agents qui viennent de lui dire de circuler :

— Quand on nous appelle pour trouble à l'ordre public, on est obligés d'y aller et de faire cesser le trouble. Mais vous, par contre, il faut pas lâcher.

Il y retourne le dimanche suivant. Il sonne. Hélène appelle la police avant de descendre. Les flics arrivent. Les enfants doivent remonter chez eux. Billy a eu le temps de parler avec Jérémie. Il veut venir. Ils arrivent à la maison. On déjeune, on va faire un tour, Jérémie plante des graines sur le balcon. L'avocat est content : ça évolue.

Billy sonne le mercredi suivant, en espérant qu'ils vont tous venir. Hélène répond à l'interphone : ils ont des activités. C'est mercredi. Judo, dessin. Billy propose de les y conduire. Les flics arrivent.

Le dimanche suivant je l'accompagne. On arrive en avance. On s'assoit sur les marches devant le parking. Billy attend l'heure pile. Il sonne à dix heures. Resonne toutes les cinq minutes. Ça fait vingt-cinq minutes qu'on est en bas de l'immeuble, je propose de partir :

— C'est foutu, ça fait vingt-cinq minutes qu'on est là.

Il reste debout devant l'interphone, inexpressif. Resonne. Bruit de l'ascenseur, les enfants arrivent, ils se donnent la main, tendus, silencieux, visages comme indifférents. Hélène reste dans le hall. Elle pourrait ne pas descendre, ou si elle veut les accompagner dans l'ascenseur, les embrasser, leur dire à ce soir, et remonter. Elle reste dans le hall, ce n'est pas une pierre dans laquelle on shoote, c'est un corps bien droit, un visage fermé, un regard froid. Jérémie est méconnaissable par rapport au dimanche à la maison. Clara, fébrile. Ils sont en T-shirt, pas habillés pour sortir. Billy leur dit quelques mots. Je suis à côté de lui. Diego et Maurice, les deux plus petits, donnent la main à leur mère. Jérémie a l'air angoissé, ce n'est pas le même que la dernière fois, je ne le reconnais pas. Clara commence à pleurer, Billy lui propose de venir avec lui sur le parking, pour parler à l'écart. Je ne les suis pas, je ne vais pas les accompagner partout où ils vont, comme un petit chien, hall, parking. Je reste dans le hall, j'essaye de dire quelques mots :

— Ça va bien se passer, votre papa va vous ramener tout à l'heure, tout ira bien vous verrez. Il ne faut pas vous inquiéter. (Je suis maladroite, je le sens.) Jérémie est venu dimanche dernier, votre papa l'a ramené à la fin de la journée, il y a pas eu de problème, il est content de vous voir votre papa...

— Vous n'avez pas à leur parler, vous n'êtes pas médiatrice. Vous n'êtes rien, vous n'êtes ni le père, ni la mère, ni la médiatrice. Vous n'êtes pas juge. Vous n'avez rien à leur dire.

Je sors de l'immeuble, je m'écarte un peu. Je reste derrière la porte vitrée. Et là je vois, à travers la vitre, qu'elle sort un téléphone de sa poche. Je marche vers le parking, vite, et je dis à l'oreille de Billy :

— Si tu veux passer la journée avec tes enfants, c'est maintenant qu'il faut appeler le taxi. Elle est en train d'appeler les flics. Il faut appeler le taxi tout de suite si tu veux que tes enfants viennent à la maison aujourd'hui.

— Clara, je vais chercher tes frères. Restez là toutes les deux. Attendez-moi. OK Clara ?

Pas de réponse. Les yeux flous.

— Clara. OK ?

— Oui.

Clara reste. J'appelle un taxi. Billy et les enfants sortent du hall, Hélène les suit. Clara se met à pleurer. Elle sanglote. Il y a des gens aux fenêtres. Diego veut venir. Maurice est trop petit pour dire. Billy prend Clara dans ses bras, elle se débat. Il dit à Jérémie :

— Tu donnes la main.

On n'a pas assez de mains. Le taxi arrive. Les bras de Billy sont pris. Je tiens la main de Jérémie dans la mienne. Les deux petits restent en arrière. Hélène panique, court vers la voiture. On est tous sur le parking. La voisine du dixième est à sa fenêtre. Billy pose Clara sur la banquette arrière. Je monte dans le taxi avec Jérémie. Hélène se met devant la portière du chauffeur, il descend sa vitre.

— Monsieur, vous êtes en train de vous rendre complice d'un enlèvement.

— Pourquoi, c'est pas le papa ?

— Il a pas le droit de les prendre. Il y a eu un jugement. Regardez ma fille, dans quel état elle est. Il a été condamné, il est très violent. Il a pas le droit de les emmener.

Moi :

— C'est pas vrai, démarrez Monsieur, elle est dans une secte.

— C'est le papa ou c'est pas le papa ?

— C'est le papa, il a l'ordonnance du juge dans son sac, on peut vous la montrer, il ne les a pas vus depuis un an, aujourd'hui c'est son jour de visite, il les ramène ce soir. C'est normal que la petite pleure, ça fait un an qu'ils n'ont pas vu leur père, leur mère les en empêche.

Billy sort le jugement de son sac, le montre au chauffeur. Qui jette un coup d'œil et remonte sa vitre. Il commence sa marche arrière. Hélène fait le tour de la voiture, s'encadre dans la porte arrière par laquelle Billy vient d'entrer et qui est encore ouverte. Elle s'accroche à la carrosserie. À moins de lui couper les doigts, Billy ne peut pas fermer la porte.

Moi :

— Allez-y Monsieur, allez-y démarrez, vite. Tant pis démarrez porte ouverte.

Le taxi démarre porte ouverte. Hélène lâche la voiture.

En bas de la rue, on croise la fourgonnette des flics.

Le chauffeur :

— Vous êtes sûr qu'il y a pas de problème ?

— Aucun c'est son jour de visite. Vous inquiétez pas Monsieur.

Clara pleure. Billy, très fort :

— Clara, ça suffit ! ! !

Il l'a dit d'une voix très forte, sans appel, autoritaire. Elle arrête.

Le chauffeur :

— C'est ton papa ?

— Oui.

— Alors ! ? T'as pas besoin de pleurer si c'est ton papa.

Il parle créole avec Billy jusqu'à ce qu'on arrive. On descend de la voiture. Jérémie vomit dans le caniveau. On monte à la maison. On leur présente ma fille. Qui a aussi une famille recomposée du côté de son père. On leur fait visiter l'appartement. On sort un Monopoly. On prépare le repas. La journée se passe bien. On est même surpris. Pique-nique, jeux, balade. À six heures moins le quart, Billy les dépose rue de la Convention. Clara a planté des graines sur le balcon. Mais dans l'escalier en partant, Jérémie a dit :

— Adieu.

Le mercredi suivant, Billy sonne. Il entend la voix de Jérémie dans l'interphone qui dit « c'est papa », puis plus rien. Il va au commissariat, il porte plainte pour non-présentation d'enfants.

Le dimanche suivant, même plus de voix à l'interphone. Au commissariat, un flic lui dit que la prochaine fois il l'accompagnera. Il montera à l'étage et sonnera à la porte, puisque Billy lui ne peut pas. La fois suivante il passe le chercher au commissariat, ils sonnent ensemble à l'interphone. Le flic monte à l'étage. Il sonne à la porte de l'appartement. Un chien aboie. Il y a un bruit de télé. Il frappe. Sonne plusieurs fois. Il redescend. Billy porte plainte. Ça se passe comme ça jusqu'à ce qu'il se lasse. Son avocat lui conseille d'arrêter de se présenter, après avoir envoyé à Hélène une lettre recommandée.

« À partir du moment où tu ne présentes pas les enfants quand je viens les chercher, je ne viendrai pas dimanche prochain. Je reverrai ma position après avoir vu l'enquêteur social. »

Il craque, il dit à son avocat :

— J'ai été bien bête de faire confiance à la justice Monsieur Abitbol. On se fout de ma gueule. Je vais faire une connerie Monsieur Abitbol. Je vais aller rue de la Convention, et je vais défoncer cette porte.

— Je vous comprends Monsieur Ferrier. Mais il faut que vous soyez patient. Le procureur va avoir le dossier des non-présentations d'enfants. Il la convoquera. La non-présentation d'enfant est un délit. Cette fois ce sera au pénal.

Billy arrive au pénal en tant que victime. Plusieurs prévenus sont convoqués à la même audience, la juge les appelle un par un. Toutes les femmes sont là pour non-présentation d'enfants, les hommes pour non-paiement de la pension. L'avocat plaide « on ne veut pas punir cette maman, on veut juste qu'elle lâche ses enfants, qu'elle les laisse voir leur père conformément au jugement ». La juge sermonne Hélène. Son avocate plaide la violence de Billy. La juge lui rappelle que le coup de coude n'a rien à voir avec le droit de visite. Qu'Hélène doit le respecter. Elle lui demande même, en plus, de donner son numéro de téléphone, pour que le père puisse appeler ses enfants un soir par semaine. Le mardi entre vingt heures et vingt heures trente. Hélène refuse de donner son numéro :
— Il va me harceler.
— C'est comme ça que vous le prenez Madame ?
Elle fixe une nouvelle audience au pénal, dans six mois, pour voir s'il y a une évolution. Elle prononcera une peine s'il n'y en a pas. Il faut payer l'avocat à chaque audience. Billy n'a pas fait le dossier d'aide juridictionnelle à temps, les délais sont passés. Chaque audience c'est une plaidoirie nouvelle, chaque refus par Hélène d'exécuter une décision c'est des frais d'huissier pour que l'acte soit notifié, quand elle fait appel

devant la cour il faut payer un avoué. Il y a deux procédures en cours, une au civil devant le JAF, et une au pénal. Elle elle s'en fout, elle a l'aide juridictionnelle.

Billy a oublié le numéro d'Hélène. Dans mon agenda de l'année dernière, on retrouve celui que j'avais fait à Noël. Un mardi entre vingt heures et vingt heures trente, il le compose. Il laisse son numéro s'afficher pour qu'elle laisse les enfants répondre. Ça sonne. La messagerie se déclenche. La semaine suivante il n'a plus d'unités, il appelle de la maison. Le numéro est masqué. Ça sonne. Ça décroche :

— Allô.

— Je veux parler à mes enfants.

Elle raccroche.

Ça se passe dans la pièce à côté. Il est vingt heures, je regarde le journal de la deux. Je ne peux plus respirer. J'ai les jambes coupées. Ma gorge se serre. Je ne peux plus avaler ma salive. Le journal ne m'intéresse plus. Je ne sais pas de quoi j'ai peur. D'elle. De quoi précisément je ne sais pas. De la situation. Je suis coupée en deux au niveau du plexus. Le diaphragme est dur. J'ai reçu un coup de poing. J'ai les doigts froids. Mon visage blêmit. Je suis blanche comme quand je suis attaquée. Mon cœur bat à toute allure. Je suis allongée sans rien faire. Je fais comme si je n'entendais pas ce qui se passe à côté de moi. Je ne pleure pas. Je ne dis rien. Je fais comme si ça ne m'affectait pas. J'ai envie de pleurer. De crier. Je me retiens. Je ferme les yeux, j'essaye de me calmer, de me détendre, de souffler. Je rouvre les yeux. Ils sont secs. Je respire. Je regarde l'écran. Le journal ne m'intéresse pas. Je me calme en silence. Je me tais. Sans rien montrer. Je fixe l'écran. Je pose mes mains sur mon ventre, je respire. Le journal m'écœure, je vais dans mon bureau. J'allume mon ordinateur machinalement, j'ai un mail :

« Mon amie,

Quelque chose de tragique vient d'arriver. Mathieu m'a annoncé qu'il aimait une autre femme. Il me quitte. Tout est détruit. Je suis dévastée. Que faire ? Aide-moi à y voir clair, toi qui es si lucide.

Je t'embrasse fort

T. »

Moi, lucide ?

C'est la nuit. On dort. Billy rêve qu'il est en train de faire pipi sur un arbre dans le jardin. En réalité il fait pipi au lit. Le drap est mouillé. Il me dit qu'il fait ce rêve chaque fois qu'il revient en Martinique, peu de temps après son arrivée. On y est depuis deux jours, on a loué une maison. On se lève, il est six heures, il y a déjà un grand soleil. On va se promener sur la plage. Puis on rentre. Je m'installe sur la terrasse face à la côte. On dirait une femme allongée la tête renversée en arrière. Avec les cheveux dans la mer. On l'appelle « la femme couchée ». La tête posée sur l'eau comme sur un oreiller. La poitrine formée de deux collines. Le front et le menton de deux autres collines. Le menton pro-éminent se découpe sur le ciel. La racine des cheveux trempe dans l'eau. Le nez droit. La lèvre supérieure ourlée sur le fond ultra-bleu. La pente du cou. Un aplat. Dans le creux des seins un village, les maisons comme une broche épin-glée sur la peau, et comme un pendant d'oreille un chapelet de constructions qui s'égrène jusqu'à l'épaule. C'est la saison des pluies. Le temps se couvre. Le ciel devient gris, des nuages épais, laiteux, commencent à flouter le front. Je ne vois plus que le menton volontaire qui se détache sur le ciel. La terrasse surplombe la mer, Billy est allongé dans le hamac, moi sur le transat. Je ne pense à rien de précis, mes pensées vagabondent, de temps en temps elles me ramènent en arrière :

— Tu te souviens la première fois qu'on s'est vus ?

— C'était chez toi. J'accompagnais Danny.

— De quoi tu te souviens ?

— Tu m'as proposé un Perrier et je suis allé sur le balcon.

— Oui justement, pourquoi t'es allé sur le balcon ?

— J'avais l'impression que tu voulais être seule avec Danny. Je me sentais pas spécialement à ma place, j'ai été regarder la rue.

— Pour moi t'étais un type avec un bonnet blanc qui accompagnait Danny, c'est tout. Je savais que t'habitais dans le quartier avec une fille qui s'appelait Chloé. Je t'ai demandé où, tu connaissais pas le nom de la rue.

— Mais je t'ai montré la direction sur le balcon.

— Et après, quand on s'est revus, qu'est-ce qui s'est passé pour toi ?

— C'était l'été, j'étais tout seul à Saint-Lazare.

— Moi aussi. Je n'avais pas de nouvelles de Danny, je savais même pas où il était. Dans le Sud, c'était tout ce que je savais.

— Tu me parlais que de lui au début. Tu voulais que je te dise si j'avais des nouvelles. Tu m'appelais pour que je te parle de lui.

— C'est vrai.

— Puis au bout d'un moment je me suis posé des questions, j'ai commencé à me demander s'il y avait autre chose.

— Quand ? Quand on est allés au concert à Montreuil ? Avant ? Après ?

— En allant à Montreuil je t'ai dit « est-ce que tu crois que les gens vont penser qu'on est ensemble ? », tu t'en souviens ?

— Oui. C'était dans la rue en descendant vers la place.

— Exactement. La rue Portalis.

— Et moi pendant le concert, je t'ai dit quelque chose à l'oreille. Je me suis approchée, et en te parlant je me suis dit : hmm cette joue... ces cheveux... cette façon de pencher la tête, ce sourire (je tends la main vers lui en même temps, pour caresser son visage), ces yeux, ces petits grains de beauté sur la peau, tu te souviens que je t'ai dit quelque chose à l'oreille pendant le concert ?

— Bien sûr. Et toi tu te souviens qu'avant le concert on est allés dans l'herbe ?

— Bien sûr je m'en souviens.

— C'était le début de la loi sur l'interdiction de fumer dans les lieux publics. Les gens fumaient dans une petite cabine en verre avec des cendriers, dans une cour intérieure. On était tous dans la cour. On regardait la cabine...

— Ah oui c'est vrai t'as raison, j'avais oublié. Ils parlaient tous de ça.

— ... et nous, on est ressortis. Il y avait une grande pelouse qui faisait le tour du théâtre. Elle était vide, il n'y avait personne. Je t'ai dit : viens, on va dans l'herbe. Et t'es venue.

— Pour toi ç'a été ça le moment décisif ? Le fait que je sois allée sur l'herbe avec toi ?

— Oui.

— Donc pour toi c'est toujours une histoire d'herbe finalement... la première fois que tu vois Hélène, elle sent une odeur d'herbe dans ta chambre, votre histoire commence, et la première fois que tu es attiré par moi c'est quand j'accepte de venir sur la pelouse avec toi...

— La différence c'est que, quand elle m'a demandé si l'odeur venait de ma chambre, j'ai pensé qu'elle était policier.

— T'as vraiment cru qu'elle était flic ?

— Sur le moment oui. Avec toi il n'y a pas eu ça.

— Mais pourquoi l'herbe ?

— Je sais pas, j'ai grandi dans l'herbe, dans la nature, quand j'étais petit on allait jouer dans la savane. Avec elle, l'herbe c'était une odeur, avec de la suspicion dans l'air, puisque j'ai pensé qu'elle était policier.

— Et à Montreuil c'était quoi l'herbe ?

— Un espace accueillant où on pouvait marcher. Je me souviens que j'ai touché les feuilles des arbres, et c'est à ce moment-là que j'ai senti que tu me parlais vraiment à moi. Tu m'appelais pas seulement pour savoir des trucs sur Danny.

On s'endort dans le bruit des vagues. L'après-midi passe. Puis on va s'asseoir à l'intérieur, en laissant la fenêtre ouverte. J'allume la télé. La nuit tombe. On est bien. Billy ne veut pas voir cette émission. Il retourne sur la terrasse. Il fume, il regarde la mer pendant que la nuit s'installe. Il aimerait que le tourisme se développe, que ce soit plus vivant. Il n'y a jamais de mouvement, pas de bateaux, pas de scooter des mers, il est inquiet pour l'île. Il s'accoude à la rambarde. Il regarde les vagues, il peut regarder des heures devant lui. À Paris il le fait aussi. L'immeuble en face, les lumières aux fenêtres, la chaîne allumée sur l'écran des voisins, leur circulation entre l'intérieur et les balcons. Le soleil s'est couché. L'obscurité est devenue totale, en un quart d'heure, il n'y a plus rien à voir.

— À quoi tu penses ?

— À rien. Je suis là.

— Tu penses bien à quelque chose ?

— Non.

— Tu devrais venir voir. Ce type se rend pas compte qu'il est con, c'est super drôle.

— ...

— C'est incroyable... C'est insupportable.

— ...

— Billy ? Tu m'entends ? Tu veux pas venir ?... Billy ?

Il s'est remis dans le hamac avec ses écouteurs. Une jambe pend, se balance, il ne m'entend plus.

Le type de la télé parle d'un livre, de la composition, des personnages, qui parlent tous de la même façon dans les dialogues, regrette-t-il. Bientôt il va noter. Il a l'air de s'en sentir capable. Il parle en critique gastronomique. Joue son sale petit jeu d'arriviste. Parle d'un film puis d'un disque. Il joue avec ses lunettes. Il a le palais éduqué. Il reconnaît les attrape-couillons, les effets de mode. N'envoie pas dire que McDo c'est commercial et Ladurée ridicule. Faire la queue pour des macarons à la rose, les gens s'inclinent devant des trucs. Le genre redresseur de torts avec l'accent du Midi. Le passionné incapable de ne pas être sincère. Le modeste en train de devenir incontournable. Fier de ses grosses pattes de paysan lucide, de ses yeux aiguisés bien ouverts, bien affûtés, qui lisent le ciel, les étoiles, le temps de demain. Pas l'écorché vif qui perd contrôle. L'authentique qui dessille les autres. Mais qui sait aussi s'incliner. Avoir des coups de cœur, et faire des coups de chapeau. Compétent dans tous les arts. Drôle, tendre, cultivé, un peu de philo, il étale, ça ne blesse personne. Il n'excède pas son petit pouvoir carré sur son tabouret, et manie le bon sens comme le couteau à huîtres un jour de Noël. Avec assurance, sans se blesser. Devant les invités affamés. Tac tac. Vite fait, bien fait. Après ils mangent ça avec une sauce à l'échalote qui me dégoûte. J'ai horreur du goût, de l'odeur des condiments, que ce soit dans ma bouche, celle des autres, sur une table, dans un Frigidaire. J'ai toujours eu des phobies alimentaires, même les mots qui désignent certains aliments je les déteste.

Il essaye de dissimuler sa prétention. À propos de ses livres, parce que il écrit, il parle quand même d'« œuvre ». Le masque a son visage, une grosse boule humaine. Avec le sourire vissé, accroché, pris dans la peau. Quelqu'un sur le plateau vient de faire une plaisanterie politiquement incorrecte. Il remue la tête comme s'il était une grand-mère constatant l'échec de toute une éducation. Il lève les yeux au ciel, la grand-mère ne veut pas jouer les pisse-froid mais elle n'aurait pas dit ça. Comme Pilate, il se lave les mains en balançant la tête avec les yeux au ciel.

Le public rit, de la situation, de la blague, du balancement de tête.

Je sens que cette émission me salit, me dégrade, que je perds mon temps. Je suis happée. Je regarde la poix couler comme un robinet qu'on ouvre et qu'on ferme. Il choisit ses mots, les pèse. Il les écoute résonner, grasseyer, il adore sa façon de parler, de rire, de s'indigner. Il est à lui tout seul un jury populaire, un magistrat vertueux et la mouche du coche. Qui s'y frotte s'y pique. Il s'aime. Il s'approuve. Tout ça il ne le fait pas par amour de l'art. Il n'y comprend rien. Il le fait par amour de lui-même. Du portrait de lui qu'il dessine en creux. Sa personnalité, son caractère, les goûts de sa petite personne, son moi dans le miroir, son portrait chinois. Le genre à lire son horoscope pour savoir comment on le trouve et à se rengorger en contemplant le portrait que les étoiles font de lui. Convaincu qu'il a eu bien raison de naître.

Pour faire de bonnes émissions, les animateurs doivent être inventifs, il n'y a plus d'écrivains en France, c'est comme ça, c'est pas de sa faute. Il prend un air désolé. Il affiche son attachement à la démocratie, puis avec un sourire de forte tête pas méchante, fait une saillie sur l'envie qu'il aurait parfois de devenir fasciste s'il n'était pas profondément démocrate. Je ne suis pas de la même race que ces gens-là. Tout est faux. Tout est bas. Rien n'est pur. Il adore être détesté, ça fait partie du portrait. C'est la preuve qu'il dit la vérité, pense-t-il. On le voit penser, on suit le circuit dans la petite tête. Il sort les conneries qu'il a dedans comme si ça lui demandait du courage. De la force. Il s'estime capable de penser. Chez lui il doit se regarder dans la glace, faire un autosondage, voyons... qu'est-ce que je pense de ça ?

Sur le tabouret en face de lui, il y a une ministre. Il donne aussi dans la politique. Les cheveux blond cendré, la bouche ronde. Franche, pas froide, sandales à talons hauts, moulée dans son pantalon noir, elle va lui répondre. Il lui donne un bon point : bien répondu. C'est un sanguin qui a choisi le petit sourire et la joute verbale pour faire sa place. Il l'appelle Madame la Ministre. Il adore rappeler qu'il est docteur en médecine au départ. Elle parle de la crise aux Antilles. Il y a tellement de douleurs, de souffrances refoulées depuis des années, il faut tous s'asseoir à une même table, se parler. Elle revient de Roumanie, de Moldavie, la région où on vend des filles. Pour mille cinq cents ou mille deux cents euros leur famille les brade. Elle clame son indignation. Comment on peut vendre des êtres humains comme ça ? ! ! Elle est contre l'esclavage moderne, pour la dignité, pour l'avortement, contre les positions du pape à propos du sida, pas forcément choquée par le port du voile, elle ne sait pas si elle est pour ou contre les mères porteuses, elle est pour le mariage des homosexuels. Elle précise qu'elle est de tradition catholique, mariée, deux enfants, qu'elle a été nourrie à ça. C'est son lait. Elle en est redevable. On ne comprend rien à l'art occidental si on ne connaît pas la Bible. L'animateur opine. Il fait de grands hochements de tête bien visibles cadrés par la caméra. Elle a un parcours classique, un mode de vie ordinaire. Mais elle pense à ceux qui ne sont pas majoritaires, qui n'ont pas la chance d'être elle.

Dehors il fait nuit noire. Je sors. C'est la couleur de l'essence, c'est ce que doivent voir les aveugles. Le ciel et la mer opaques, l'obscurité épaisse, un noir intégral comme s'il n'y avait rien. Comme s'il y avait un trou sans fond après la terrasse. Un autre monde, un gouffre. Billy fume devant cet écran noir, vide. Le seul bruit qu'on entend est celui de la télé et des chiens qui aboient. La dernière maison est entièrement clôturée. Dès qu'une voiture entre dans le chemin, les cinq chiens se collent au grillage en aboyant tous en même temps. Dans moins de six heures la femme couchée sera surexposée. À cet instant, c'est impossible à imaginer. On a l'impression que tout va toujours rester comme ça, opaque, informe, impénétrable.

Les gens sont massés devant le comptoir, debout depuis deux heures. Le vol pour Paris est à dix-huit heures On a déjà une heure et demie de retard à l'enregistrement à Fort-de-France. Ils demandent à quoi est due l'attente. S'ils peuvent avoir un verre d'eau, à quelle heure l'avion va partir. Ils s'inquiètent « y en a qui ont des enfants. Y en a qui ont des rendez-vous à Paris, est-ce que vous pourriez nous donner une indication, est-ce que vous pourriez nous dire... ? » Billy, tout d'un coup :

— Il y a pas plus bête comme travail, vous le faites tous les jours, vous êtes pas capables de le faire correctement, ni de nous expliquer ce qui se passe. Si je distribuais des claques à tous ces gens en uniforme derrière le comptoir, on aurait peut-être des réponses, il faudrait que je leur mette à tous une gifle dans leur fucking bouche. Et tant mieux si ça se fait pas de dire ça. Vous pourrez appeler la police, ils peuvent me mettre les menottes, j'en ai rien à foutre, ce sera pas la première fois...

Et il part tout au fond de la salle d'embarquement, à l'opposé du comptoir.

L'hôtesse saisit son téléphone...

— ... il nous a menacés...

... en donnant son signalement. Quatre flics arrivent. J'applaudis à leur arrivée :

— Bravo, quelle efficacité. Réussir à faire venir quatre flics parce que quelqu'un a dit une connerie, bravo. Quel talent. J'admire.

Des gens derrière moi applaudissent. Les flics, le personnel de la compagnie et presque tous les voyageurs sont noirs. Billy revient du fond de la salle, les flics nous emmènent. Derrière nous j'entends :

— Dans ce cas on y va tous.

Un flic plaque sa main sur mon dos. Je hurle :

— NE ME TOUCHEZ PAS.

Il retire sa main et se marre avec mépris. Les quatre flics nous escortent à travers les halls jusqu'à l'antenne de police, je dis à Billy, à part :

— Tu te tais maintenant, c'est moi qui explique...

Je leur explique l'attente, l'absence de réponse du personnel, la fatigue de tout le monde, la parole malheureuse de Billy, pas méchante, maladroite, énervée, son départ à l'opposé du comptoir qui prouve qu'il n'allait pas taper, c'était une phrase en l'air, pas une menace.

— ... voilà c'est comme ça que ça s'est passé, je vous ai dit la vérité.

Billy confirme. Le chef de la police de l'air, qui est le seul Blanc :

— Bon, pour moi y a pas de problème, c'est pas des menaces, pour qu'il y ait menaces il faut réitération et que la personne soit menaçante. Là c'est des paroles courantes dans ce genre de cas, ça arrive tous les jours. Pour moi, je vous laisse partir, je ne prends même pas de déposition.

Un flic subordonné, qui n'avait rien dit jusque-là :

— Je vous ai écoutée Madame, je comprends, mais est-ce que vous avez pensé à ce que ça aurait donné si tout le monde avait fait comme vous ?

— Quel raisonnement de merde !!

Je regrette aussitôt d'avoir dit ça. Son supérieur reprend :

— Bon, écoutez, c'est pas le problème. Il y a pas de problème, pour moi c'est bon. Je vous dis que je ne prends même pas de déposition. Mais c'est pas moi qui décide si vous pouvez embarquer, c'est la compagnie.

— Pardon ? Vous voulez dire qu'on pourrait ne pas embarquer ?

— On va voir ce que dit la compagnie, ça dépend pas de moi.

Le téléphone sonne. La compagnie a débarqué nos bagages. On doit aller les chercher en bas sur un tapis roulant. Deux flics nous escortent à travers les salles, dont une grosse femme flic qui fait un visage réprobateur en plus de l'uniforme. Nos valises sont échouées sur un tapis à l'arrêt. On dort chez la mère de Billy. On s'allonge sous la moustiquaire. On ne dort pas.

— Tu sais Billy il y a quand même des mots qu'il faudra plus jamais que tu dises.

— T'es pas solidaire ! T'es pas quelqu'un de franc, t'es faussement solidaire. Par-devant t'es solidaire. Ça s'arrête là.

— Il y a des mots qu'on n'utilise pas, je suis désolée, on ne dit pas aux gens qu'on va leur donner des claques, on ne leur dit pas que il y pas plus bête comme travail que ce qu'ils font, et qu'ils ne sont pas capables de le faire. Peut-être qu'ils font un travail bête mais au moins ils ramènent de l'argent à la maison pour éduquer leurs enfants, les nourrir, payer le loyer, c'est peut-être pas glorieux mais au moins ils le font. On ne dit pas aux gens qu'ils ont une fucking bouche. C'est des mots qui doivent disparaître de la tienne. Même quand t'es énervé. T'es pas un enfant, tu dois pouvoir te contrôler. Qui c'est qui va payer un deuxième billet maintenant pour repartir, qui ? Toi peut-être ? Qui est-ce qui va passer sa vie demain au téléphone pour régler ces histoires ? T'es irresponsable, t'es un gamin. Tu te reconnais aucune responsabilité, aucun tort, jamais, moi au moins je reconnais que j'aurais pas dû applaudir quand les flics sont arrivés. Toi tu les as énervés, moi je les ai humi-liés en applaudissant, ça n'a pas aidé. Si j'avais pas applaudi, peut-être qu'ils nous auraient laissé embarquer, on serait à Paris à l'heure qu'il est. Mais moi je le reconnais au moins, que je suis en partie responsable. Alors que pour toi c'est Corsair le seul coupable. T'as jamais rien à te reprocher toi. Moi j'aurais pas dû applaudir, j'ai pas pu m'en empêcher, tellement j'étais cho-quée quand j'ai vu la fille prendre son téléphone pour te dénoncer. Ça m'a rendue dingue. Je savais plus ce que je disais, je ne me contrôlais plus. Et tu oses dire que je suis pas solidaire ? T'es gonflé. Tu sais très bien ce que ça m'a rap-pelé quand j'ai vu cette fille saisir son téléphone. Je n'avais plus aucun frein. Je pouvais plus m'arrêter. Je suis solidaire, mais là tu m'obliges à être solidaire de tes conneries. On ne dit pas aux gens qu'ils ont une fucking bouche, on ne leur dit pas qu'ils font un travail d'abruti et qu'on va leur taper dessus pour obtenir des réponses.

— Oui c'est ça bien sûr, faut jamais rien dire.

De retour à Paris, il fait des petits boulots. Pour payer sa pension il faut qu'il trouve six cents euros chaque mois. Quand il n'a vraiment rien il emprunte à un copain ou à moi. Il a pris un compte à La Poste. Hélène dit à la CAF qu'il ne la paye pas. La CAF compense en lui versant la somme correspondante. Leur contentieux se retourne contre Billy. J'entends leur ton dans le téléphone. Celui qu'on prend pour un délinquant. Il a gardé tous les justificatifs de La Poste, datés. Il les photocopie. Il va faire la queue au guichet pour les leur montrer. Comme à La Poste, au Pôle Emploi, à la Sécurité sociale, au tribunal. Il n'a que ça à faire, il ne travaille pas, peu ou sans être payé, il a perdu ses anciens contacts, les installations à dix euros de l'heure je ne veux plus qu'il les fasse, on rédige ensemble un nouveau CV. Il envoie des courriers. Je voudrais qu'il rappelle, qu'il insiste.

— T'as rappelé Untel ?

— Laisse-moi faire à ma manière, si je me fais pas confiance, qui va me faire confiance ?

— Arrête de tenir des propos fumeux.

— Je vais me taire, je tiendrai pas des propos fumeux.

— Excuse-moi Billy, mais je suis inquiète.

— C'est moi qui te demande de m'excuser.

— De quoi ?

— D'être dans cette position, dans cette situation.

— Tu parles de quoi ? Les enfants ? L'argent ?

— Jamais je regretterai mes enfants.

— Tout à l'heure tu disais « je regrette d'avoir fait ces enfants ».

— Oui parce que je suis obligé d'être comme un mendiant. Depuis quand je suis dépendant de l'argent, ou d'un travail, ou de gens pour me donner un travail ? Moi je suis un mendiant ? Si demain je veux de l'argent, je vends de la cocaïne, je t'emmène dans les plus grands châteaux, et tous les gens que tu respectes viennent m'embrasser les pieds. J'ai pas d'argent et je fais pitié ? Et tout ce que je vais dire ça va être fumeux ! ? Moi j'ai pas pitié de moi.

— Tu disais tout à l'heure que tu te sentais humilié...

— Je me sens humilié par toi. Sans arrêt tu me parles de gens à qui tu as demandé de me trouver du travail. Ghislaine t'envoie un mail qui dit « croisons les doigts ». Tu crois que je les croise pas ? Mes doigts ils sont croisés depuis que je suis né.

— Je t'humilie comme ça ?

— Chaque fois que je te parle de quelque chose, tu me ramènes dans les histoires d'argent. J'ai pas besoin qu'on me mette la tête dans le caca. Je sais que tu le fais pas méchamment, mais si t'étais avec quelqu'un qui te paye tes restaurants ou tes vêtements, tu lui parlerais pas comme ça. Parle-moi comme à quelqu'un qui te paye tes restaurants. Si j'avais pu te payer tout ça, je sais pas si j'aurais été aussi bien avec toi, cette douceur que j'ai avec toi...

— Quelle douceur ?

— Cette douceur qu'on a ensemble. Est-ce que je l'aurais eue si... si j'avais... Je sais pas... On passe des moments vraiment doux parfois.

— Quoi, qu'est-ce que tu veux dire, à quels moments tu penses ?

— Comme si tous mes sens s'étaient dit : OK, comme on ne peut pas compter sur le fait que Billy pourra lui payer des restaurants ou des vêtements, mettons-nous ensemble pour... il faut que je dise « satisfaire » pour pas paraître fumeux... ils se sont dit : mettons-nous ensemble pour essayer de... putain... je sais pas, je sais pas.

— De satisfaire... tu disais.

— De *te* satisfaire.

— Satisfaire comment ? Comment ils ont fait tes sens ?

— Pas comment ils ont fait. Comment ils *font* ! Eh bien ils s'entraînent. J'aime être avec toi mais est-ce que toi tu aimes ? Est-ce que t'es bien toi ? C'est pas parce que on se dispute qu'on n'est pas bien, le bien c'est pas un truc platonique...

— Qu'est-ce que ça veut dire platonique pour toi ?

— Ça veut dire on est tout le temps bien, on est là, sans vagues.

— Ça veut pas dire ça platonique.

— Moi je veux dire un truc comme ça, plat.

— Platonique c'est pas « plat », c'est « qui vient de Platon ».

— Un bien naïf alors je veux dire, un bien bête, et ça j'en veux pas. Si j'avais eu de l'argent j'aurais fait moins attention à toi. Ça c'est sûr.

Les sentiments que je développe dans cette position soi-disant faible me font aller dans des zones... si j'avais pu t'offrir un cadeau, ça aurait ausculter d'aller dans ces zones-là.

— Occulter.

— Occulter. Quelqu'un qui voit pas, un aveugle, il y a des sens qui se développent chez lui. Si j'avais été dans une autre situation, j'aurais pas pu te connaître comme je te connais. Peut-être que je t'aurais parlé comme tu me parles aujourd'hui, quand tu me dis « viens ! » sur le ton que tu l'as dit tout à l'heure. Les gens qui ont de l'argent c'est des gens ? Ceux qui ont pas d'argent c'est pas des gens ? Et tout ce qu'ils vont dire ça va être fumeux ! ? Aujourd'hui j'ai pas d'argent, c'est ça qui fait que je mérite pas mes enfants ou que je peux pas vivre avec toi ?

L'enquêteur a les yeux bleus, le teint clair, les cheveux châtains ondulés, une chemise bleu ciel à manches courtes, mince, un peu transparent mais sympathique, souriant. Je lui montre le canapé, il s'assoit. Il fait très chaud. Billy lui propose un verre d'eau, et arrive avec le plateau. Je pense à *Ladybird*, le film de Ken Loach. La scène où elle offre à l'assistante sociale, qui lui enlève ses enfants l'un après l'autre, une tasse de thé et des gâteaux bien disposés sur une petite assiette, qu'elle pose sur une table basse. Il le pose devant l'enquêteur, sur la table basse, et s'assoit face à lui dans le fauteuil vert.

— Est-ce que vous pouvez me parler du cadre dans lequel vous avez été élevé, Monsieur Ferrier ?

— Il y avait une bonne ambiance à la maison, j'ai eu une enfance heureuse.

— Un cadre plutôt épanouissant.

— Bien sûr. C'était épanouissant. J'ai pas à me plaindre. Et aujourd'hui je me sens même privilégié, je vis de ma passion.

— C'est quoi votre passion Monsieur Ferrier ?

— La musique.

L'enquêteur a sorti un bloc et il prend des notes. C'est la deuxième fois qu'ils se voient. La première fois c'était à son bureau. Il est psychologue dans une association qui réalise des enquêtes pour le JAF. Ils voient les gens une première fois à leur bureau, ensuite chez eux. Puis ils font un rapport. Qui est déterminant.

On l'aura dans trois mois. Je le lirai plusieurs fois, pour essayer de comprendre. Ça donnera, à propos d'éducation et de formation : *M. Ferrier a effectué toute sa scolarité en Martinique jusqu'à l'obtention d'un bac technologique, à la suite duquel il s'installe à Paris où il intègre une école audiovisuelle.* À propos du début de la vie commune entre eux : *Mlle Lucas et M. Ferrier évoquent un début de vie conjugale heureux, malgré les absences liées à l'activité professionnelle de celui-ci. Au bout d'un an, Mlle Lucas est enceinte.*

Il voit Hélène rue de la Convention : *L'appartement est lumineux et correctement entretenu. Bien que disposant de peu d'espace, la superficie totale est de 60 m², chacun semble avoir pris ses repères, et investi un endroit de l'appartement. Nous notons la présence d'un petit chien, Avatar, qui semble ravir toute la famille et plus particulièrement Jérémie.*

— Vous étiez quel genre d'enfant Mademoiselle Lucas ?

— Je n'avais pas du tout confiance en moi, j'étais assez timide. J'étais un peu… sur mes gardes… mal à l'aise…

— Vous étiez une petite fille un peu renfermée…

— Disons que j'étais très réservée. Ma mère est d'origine corse. Pour elle Paris c'était l'horreur.

Elle était très sévère avec nous, très dure. C'était sa façon de dire qu'elle allait mal. Il n'y avait aucun élan de tendresse, aucune émotion apparente. Jamais. Petit à petit elle m'a prise comme bouc émissaire. Je suis devenue sa bête noire. J'en parlais à personne. Mais je m'en rendais compte, j'en souffrais. J'en parlais ni à mon père ni à mes sœurs. Il y avait pas de communication entre nous. Il y avait des manques terribles. Des carences affectives énormes. Beaucoup de non-dits. J'ai plus de mauvais souvenirs de mon enfance que de bons. Là je me force pour en parler.

Le rapport décrit sa scolarité : ... *parcours traditionnel jusqu'en classe de cinquième. Puis elle s'oriente vers un CAP et un BEP de secrétariat, qu'elle obtient brillamment. Disposant de capacités en anglais, elle s'investit dans le milieu de la mode.*

— Quand vous avez été enceinte de Monsieur Ferrier la première fois, vous l'avez vécue comment cette grossesse ?

— J'étais très heureuse, très épanouie. Et puis on a commencé à se disputer. C'étaient des grosses disputes. Mais je réagissais pas. C'était bizarre, j'étais très heureuse, très sereine au fond de moi, et en même temps complètement paniquée. Les engueulades étaient de plus en plus fréquentes, et je ne les maîtrisais pas du tout. Ça arrivait d'un coup, et je voyais pas le coup venir.

— Le *coup* ? Vous dites que vous ne voyiez pas le *coup* venir Mademoiselle Lucas ?

— Exactement. Vous avez bien entendu.

— D'accord. Elles portaient sur quoi ces disputes ?

— L'éducation... La plupart du temps...

— La façon dont vous alliez élever cet enfant...

— Oui enfin c'est bizarre, c'est difficile à dire, parce que, de ma grossesse, en fait, la seule chose dont je me souviens vraiment c'est des accès de colère, de son côté, de violence, verbale, physique, et du mien, une incapacité à réagir, une passivité. Comme si j'étais handicapée. Je voyais pas comment arrêter les crises. Je les voyais pas arriver. J'étais là, passive, absente, je ne disais rien, je sais pas, c'était bizarre. À se demander si c'était bien moi. Parfois je me dis que j'étais habitée. Que c'était pas moi. Il me menaçait, je ne disais rien, qu'est-ce qu'il fallait faire, qu'est-ce qu'il fallait dire ? Je savais pas. Je me renfermais, ça je connaissais.

— C'était impossible de le contredire, pour vous ?

— J'étais complètement sous sa domination. J'osais pas aller à la police. J'y pensais même pas. Je pensais aux représailles surtout. Quand il se mettait en colère ça atteignait des sommets. Ça prenait des proportions terribles. C'étaient pas des petites colères.

Le rapport dit : *Face à cette situation conflictuelle, décrite uniquement par Mlle Lucas, M. Ferrier décide de quitter son travail, et le couple part s'installer en Martinique. Où naît Clara.*

— Je vais vous dire : il n'a jamais aimé ses enfants. Il ne s'y est jamais intéressé. Un jour il s'y intéressera peut-être. Je le souhaite. Pour l'instant c'est pas le cas.

De retour en métropole, la famille s'installe chez les parents de Mlle Lucas, puis dans l'appartement dans lequel nous sommes aujourd'hui. Jérémie, Diego et Maurice naissent successivement. M. Ferrier affirme avoir souhaité ces trois naissances, Mlle Lucas soutient ardemment le contraire.

— J'espère, j'espère vraiment, qu'un jour il s'inquiétera d'eux, qu'il s'en souciera, réellement. Je l'espère pour eux.

On découvrira le rapport trois mois plus tard, en même temps que la décision du juge. Pour l'instant, l'enquêteur est face à nous. Il finit son verre d'eau, se cale dans le canapé beige. Billy lui demande s'il en veut encore, déjà debout, prêt à aller lui en rechercher dans la cuisine. Mais l'autre continue, sur la religion. Il a les yeux assortis à sa chemise. On voit ses veines dans l'ouverture du col, et sur le bras qui prend les notes :

— Monsieur Ferrier, vous dites que des conflits sont apparus au sujet des orientations philosophiques de Mademoiselle Lucas. Vous étiez inquiet sur le sujet, qu'est-ce qui vous dérangeait ?

— J'étais un peu inquiet oui. Mais j'ai été clair tout de suite. Je voulais pas que mes enfants soient là-dedans. C'est tout. J'ai été très ferme là-dessus. Je l'ai dit clairement à leur mère.

— Vous étiez pour une éducation laïque…

— Ils feront ce qu'ils voudront plus tard… Et puis un jour j'ai vu des photos dans l'ordinateur. Je lui ai redit que je voulais pas que les enfants soient mêlés à ça.

Mlle Lucas dément formellement les allégations portées à son encontre, relatives à l'organisation Kyokaï.

— Je suis bouddhiste, je n'appartiens à aucun groupement, à aucune organisation. C'est une philosophie personnelle.

— Monsieur Ferrier, vous m'avez dit la dernière fois que vous ne pouviez plus rentrer chez vous vers la fin. C'est-à-dire ? Vous ne pouviez plus ? Vous ne vouliez plus ?

— Je voulais pas que ça dégénère.

— Vous ne saviez plus comment éviter les conflits.

— On n'avait plus de communication. Et, oui, je préférais éviter que ça parte en vrille.

— Ça aurait risqué de déborder ? C'est ça ?

— Exact.

On n'est pas inquiets de ce qu'il va écrire dans le rapport. On a l'impression que tout se passe bien, qu'il comprend, on se sent écoutés. Il y a une atmosphère fluide. Il fait des signes d'assentiment. Il opine. À un moment il dit même :

— Je commence à comprendre.

Et même :

— Les enfants sont sous influence. Je commence à comprendre. Ils sont sous l'empire de leur mère...

L'avocat a conseillé à Billy de ne pas charger la barque, de ne surtout pas critiquer la mère, d'insister sur les enfants, uniquement, de montrer qu'il a une relation forte avec eux, c'est tout. Enfoncer la mère nous desservirait, l'enquêteur comprendra sans ça. On est donc tout à fait en confiance.

— Mais en fait ça a débordé quand même ?

— Je reconnais que jamais j'aurais dû en arriver là. J'ai eu tort. Je m'en suis excusé. Il y a eu des conséquences, je les ai acceptées.

— C'est seulement après l'agression, sur votre compagne, que vous quittez le domicile conjugal, parce que la justice est saisie...

— Oui, mais j'y pensais depuis longtemps. Très longtemps même.

— C'est tout de même la justice qui vous contraint à partir, de fait.

Le rapport : *Le jugement consécutif marquera la rupture définitive du couple. M. Ferrier veut circonscrire son comportement violent à une seule dispute, la dernière, Mlle Lucas évoque des violences conjugales répétées sur huit années. Il y a là un décalage dans leurs discours respectifs.*

— Pendant tout ce temps, j'avais une seule préoccupation, avoir suffisamment de force pour protéger mes enfants. Et je pense que c'est pour ça que je suis pas allée à la police plus tôt, je pense que j'économisais mes forces. Il en faut pour aller à la police la première fois qu'on est agressée, c'est pas facile, et il en faut beaucoup aussi pour protéger ses enfants de leur père. J'ai choisi. J'ai préféré garder mes forces pour protéger mes enfants, plutôt que d'aller à la police pour me protéger moi.

— Ces agressions, elles étaient volontaires ?

— Bien sûr. Et j'étais complètement isolée. J'avais personne à qui me confier.

Comme beaucoup de victimes de violences conjugales, Mlle Lucas porte seule sa souffrance. Elle finit par se désocialiser.

— Et puis un jour, il a été violent avec ma fille. Un 11 novembre. Je l'oublierai jamais.

C'était un jour férié, on était tous à la maison. Il a frappé Mary. Et là, là j'ai plus supporté.

— Ç'a été le déclic ?

— Oui, parce que c'était contre ma fille, c'était pas seulement contre moi. Alors là j'ai réagi. J'ai appelé la police. C'était terrible... les policiers sont venus... les enfants étaient là... c'était...

Avec beaucoup d'émotion, elle relate une journée de 11 novembre...

— Les derniers temps, il était jamais là. On restait sans nouvelles plusieurs jours, plusieurs semaines. Ça nous faisait du bien, on soufflait. Mais on ne savait pas quand il allait rentrer. La porte pouvait s'ouvrir d'une minute à l'autre. Il avait les clés ! On était sous son emprise. On respirait plus. On était dans l'angoisse d'entendre une clé dans la serrure, de le voir apparaître dans l'entrée. Les enfants avaient peur.

Le rapport : *Après l'agression du 11 novembre sur sa fille, Mlle Lucas, renforcée par sa pratique bouddhique, parvient à trouver les ressources nécessaires afin de se libérer de sa soumission.*

— Moi je me renforçais de jour en jour. Et pendant ce temps-là, lui il perdait tout son ascendant sur moi. Graduellement. Ça le rendait fou. Absolument fou.

— Comment était l'atmosphère, l'ambiance, à ce moment-là dans la maison ? Vous viviez sous le même toit, même s'il était souvent absent.

— Il y avait un très mauvais climat. Ce type est un paranoïaque. Tout le monde avait la trouille. C'était néfaste. Malsain. Quand il était là c'étaient des cris, quand il n'y était pas, c'était l'angoisse. On avait peur qu'il revienne. Quand ? On savait pas, comme je vous l'ai dit tout à l'heure. La bombe pouvait nous tomber sur la tête d'une minute à l'autre. La maison n'était plus un refuge pour personne. Il pouvait arriver et se glisser carrément dans mon lit. Dans la nuit, s'il y avait le moindre bruit dans l'entrée, je me réveillais en sursaut. Je ne dormais plus.

M. Billy Ferrier parvenait à maintenir un sentiment d'angoisse extrêmement déstabilisant pour la famille. Avec beaucoup de pudeur et d'émotion, Mlle Lucas évoque des violences conjugales régulières, et deux agressions successives, un 11 novembre il y a quelques années contre sa fille, et contre elle-même l'année dernière.

— Pendant tout ce temps j'ai été incapable de réagir. Mais j'ai fini par m'en sortir. Et c'est grâce à la philosophie bouddhique. À partir de là j'ai commencé à lui faire front, et il n'a pas supporté !

— Monsieur Ferrier dit que vous refusez de lui remettre les enfants, alors que l'ordonnance du JAF lui accorde un droit de visite un dimanche et un mercredi sur deux.

— Ce qu'il ne dit pas c'est pourquoi il y tient tant à ce droit de visite. Il veut un droit de visite pour avoir un moyen de pression sur moi. C'est la seule raison. Pour pouvoir me harceler. Elle est là la vérité. C'est pas pour ses enfants. Il s'en fout de ses enfants. Ils en auraient bien besoin qu'il fasse attention à eux pourtant. Ça ne l'intéresse pas. Il s'en fout, et ils le sentent. C'est eux qui refusent de le suivre. C'est pas moi qui les empêche d'y aller. Ils en ont pas envie. On peut les comprendre, c'est des enfants, même moi j'ai encore peur. La dernière agression est nette dans ma mémoire. Ça ne s'efface pas comme ça. C'est trop récent. Il veut me nuire, pour ça il est prêt à tout, il ferait n'importe quoi. Et en ce moment ça passe par les enfants. Je me sens traquée. Et j'ai peur de son comportement avec les enfants, oui. C'est vraiment quelqu'un de toxique. Je ne veux pas qu'il soit seul avec eux. C'est hors de question.

— Quand il vient les chercher, Madame Lucas, est-ce que ce climat de peur, que vous vous ressentez, vos enfants le ressentent ? D'après vous ?

— Bien sûr qu'ils le ressentent. Le jour où il est venu avec sa copine, elle elle l'a bien vu qu'ils voulaient pas le suivre. C'est pour ça qu'elle a commencé à s'énerver. Elle disait qu'il était dans son droit, que c'était la justice qui décidait, etc., que c'était un jugement, elle avait que ce mot-là à la bouche, le jugement, le juge, comme si c'était un mot magique, un sésame. C'est pas un sésame. Il s'agit d'enfants là. On parle d'enfants. Elle s'est mise tout d'un coup à appeler un taxi, elle s'agitait sur le parking. Clara et Jérémie voulaient retourner vers l'ascenseur. Leur père les a emmenés de force dans le taxi. Ma fille était en larmes. Il ne peut pas les enlever contre leur gré tout de même !

— Le soir quand vous les avez retrouvés, ils étaient comment ? Après cette journée avec leur père ?

— Complètement éteints, silencieux, tristes. C'étaient plus les mêmes enfants.

À leur retour à 18 heures ils étaient très déstabilisés psychologiquement. Clara a avoué avoir été terrorisée.

— Toute la journée elle a eu peur des réactions de son père. Ils étaient très perturbés. Alors que ça allait mieux depuis la séparation.

— Vous pensez que l'agression a eu des conséquences sur eux, qui durent ?

— Ça les marquera toute leur vie. Ç'a été un traumatisme pour moi, et pour eux. Ma seule faute est d'avoir subi ça pendant huit ans sans rien dire. J'ai arrêté de m'en sentir coupable. Je voudrais pas avoir à le revivre cela dit.

L'enquêteur observe aussi les enfants :

Clara, très réservée au début, se détend vers la fin.

— J'en veux beaucoup à mon papa parce qu'il a fait du mal à maman en la frappant.

Mary assume difficilement son image d'adolescente de quatorze ans. Elle en paraît dix-huit. Sa mère la dit très renfermée, ayant du mal à se faire des amis, et s'isolant dans les livres. Après un moment d'hésitation, elle répond à nos questions. Elle se montre alors très attentive à ses frères et sœurs.

— Toi Mary, quand ton beau-père a frappé ta maman, comment t'as vécu ça, comment tu as vécu cette journée, toi ?

— …

— Tu étais là ce jour-là ?

— … oui. C'était horrible.

— C'est-à-dire ?

— …

— Comment ça s'est passé ?

— …

— Tu t'en souviens ?

— Oui. Je veux plus jamais vivre ça !

— Comment ça se passait avec ton beau-père ?

— Il s'énervait sur tout le monde.

— Ça se déclenchait pour des raisons particulières ?

— Ça pouvait être parce que je faisais pas mes devoirs tout de suite en rentrant. Parce que je regardais un peu la télé avant de m'y mettre. Pour n'importe quoi. Vers la fin, quand ils partaient à l'école, les petits demandaient tout le temps s'il serait là quand ils rentreraient, ils avaient peur de lui. Ç'a été un soulagement quand il est parti. Ils ont retrouvé leur vie normale. Avant, pour un rien, ils se mettaient à pleurer.

— Comment ça se passe maintenant quand il vient les chercher ?

— Ils y pensent la veille. Ils sont morts de peur.

— Bon, je crois que je commence à comprendre.

Le jugement semble avoir réactivé un climat d'insécurité.

— Mary, réponds-moi très franchement, est-ce que tu as l'impression que ta maman les influence ?

— Pas du tout, au contraire, c'est eux qui veulent pas y aller. Le jour où il est venu les chercher en taxi, maman leur disait : si vous voulez y aller allez-y, mais si c'est non, vous restez. Elle leur donne les deux possibilités.

Billy va à la fenêtre. Il regarde dans la rue, les immeubles d'en face, c'est la fin de l'été, les fenêtres sont ouvertes, il y a des fleurs dans les bacs, puis il se tourne vers l'enquêteur, toujours enfoncé dans le canapé, toujours à l'écoute. Il lui dit :

— Mon objectif est de rétablir une relation avec mes enfants, sans porter de jugement sur l'attitude de leur mère, ses enfants elle les aime.

L'enquêteur répond avec son regard clair :

— Malgré vos différends, vous reconnaissez que c'est une mère aimante.

— Bien sûr. Mais je comprends pas pourquoi elle appelle la police en disant que je suis violent quand j'arrive et que je sonne à l'interphone. Ça pour moi c'est impossible à comprendre. En dehors de ça j'ai pas de reproches à lui faire. Si un jour on me prouve que je suis négatif pour mes enfants, je cesserai de les voir. Mais il faut qu'on me le prouve avant.

— Vous avez une appréhension Monsieur Ferrier quand vous allez chercher vos enfants ? Vous avez peur que la police arrive ?

— Exact. Ça devient un peu lourd.

J'agite la main pour faire signe à l'enquêteur que moi aussi j'aimerais dire quelque chose.

— Je sais pas si je peux dire quelque chose...

— Allez-y Madame.

— Moi je vois qu'il se sent nié. Il se sent gommé. Il a fait confiance à la justice, il y a eu un jugement, et il ne peut toujours pas voir ses enfants. Il se sent complètement démuni. Il ne sait plus quoi faire. Le matin parfois, il a des moments de tristesse, d'abattement. C'est dur à voir. Ça me touche, ça me fait mal. Je sais que c'est pas le sujet, c'est pas le problème que ça me fasse mal. Mais je comprends pas qu'on se considère toute-puissante comme ça. Qu'on se donne comme seule référence à un enfant. Comment on peut oser ? Je trouve ça fou.

— Vous pensez que Mademoiselle Lucas exerce une influence sur les enfants pour les empêcher de voir leur père ?

— C'est une évidence. Là-dessus il y a pas de doute. Quand elle dit « si vous voulez y aller, allez-y, sinon vous restez » c'est quoi ? C'est pas de l'influence ça ? Les enfants ils savent pas ce qu'elle préfère ? C'est pas de la perversion de faire comme si on leur donnait le choix ? Un enfant il a envie de faire plaisir au parent avec qui il est, non ? Je crois. C'est une caisse de résonance un enfant. Non ? Il fait résonner la partition que vous jouez sur lui. Pardon hein, mais je suis choquée par tout ça. Ça m'affecte. Cette femme qui refuse la loi du père, la loi du juge. C'est fou. Toute loi qui n'est pas la sienne. Et personne ne fait rien ! Ça me rend dingue. Pardon hein. Je suis désolée. Moi je vois que Billy est sincère et qu'il souffre. Et je voulais le dire. C'est tout.

— Je comprends. Je commence à comprendre. Vous pensez que ces enfants sont sous influence.

— Ça me paraît évident.

— Mademoiselle Lucas, est-ce que vous pourriez me parler de vos enfants ? Vous pourriez m'en faire un portrait en quelques mots ?

— Maurice est une boule d'amour, mais il est très craintif. Vu son âge il connaît à peine son père. Diego a eu des troubles du comportement alimentaire quand il était petit, il n'y a plus de problème mais je reste vigilante. Il est très sensible, très fragile physiquement. Jérémie, c'est mon premier garçon, il est très attaché à moi, très protecteur. Il se sent responsable de moi. Il est sportif et très bon élève. Clara est pleine de vie, souriante, bienveillante, première de sa classe. Elle ne supporte pas l'injustice. L'école a été une bulle d'air pour elle pendant tout ce temps. Ç'a été son refuge. Et puis elle a une grande passion, le dessin.

Le développement de ce couple se sera vu assuré par les naissances successives de leurs quatre enfants, tous désirés par leur mère. Cela malgré les multiples violences subies. Pendant les entretiens, Mlle Lucas a présenté les signes d'une forte réactivité émotionnelle, qui expriment un profond traumatisme. Elle a tenté de montrer avec pudeur le contexte psychologique, conflictuel et violent, dans lequel elle et les enfants ont été placés par son conjoint pendant huit années. De son côté, M. Ferrier ne relate qu'une agression, celle pour laquelle il a été condamné.

Ce décalage dans leurs discours respectifs exprime le déni, très actif, dans lequel M. Ferrier se situe face à son comportement impulsif et violent.

D'une extrême susceptibilité, il prend soin de ne formuler aucune critique à l'égard de quiconque, redoutant qu'on puisse en faire contre lui. Il a évoqué une enfance très heureuse, un contexte familial épanouissant, une vie satisfaisante, ajoutant même bénéficier du privilège de vivre de sa passion, la musique. C'est un discours idéalisé et infantile, qui nous amène à nous interroger : si ces mécanismes de défense sont indispensables à la structuration de la personnalité du jeune enfant, ne viennent-ils pas écarter toute notion de culpabilité et de responsabilisation à l'âge adulte ?

Parfois, M. Ferrier affiche ainsi une image assez lisse de lui-même.

Il a évoqué des tentatives de manipulation exercées sur les enfants, que leur mère nie catégoriquement.

Le droit de visite est annulé trois mois plus tard. Billy voit ses enfants dans un point-rencontre surveillé par des caméras. Un dimanche sur deux, deux heures, de quatorze à seize heures. Le rapport dit qu'il y a eu des violences pendant huit ans. C'est la version d'Hélène, que le JAF n'avait pas crue jusque-là. Il avait répondu qu'on ne restait pas huit ans sans rien dire. Maintenant il la croit puisque le rapport d'enquête dit la même chose, et qu'elle ajoute que sa seule faute pendant tout ce temps est de n'avoir rien dit.

Billy n'est même pas en colère. Il est dans la salle, avec d'autres pères et d'autres enfants. Il y a une cour, qui fait environ trente mètres carrés, il n'y a jamais de soleil, elle est à l'ombre d'un immeuble, il y a un banc au milieu. Elle est entourée d'une petite haie, dont les arbustes sont taillés en carré, les feuilles sont épaisses, vert foncé, presque noires. Dans la salle il y a des jeux, la porte qui donne sur le bureau des médiateurs est vitrée. Je n'ai pas le droit d'entrer, seuls le père, la mère, les enfants et les médiateurs peuvent être là. Billy y va seul, il en sort seul. Même pour acheter un paquet de gâteaux à l'épicerie arabe juste à côté, un enfant ne peut pas l'accompagner. Les médiateurs sont passionnés par leur travail, l'humain, le conseil conjugal, qu'il suffise d'un petit effort de chacun pour que tout le monde y gagne, faire que les gens se parlent, leur faire prendre conscience que s'ils se sont rencontrés ce n'était pas un hasard. Ce genre de bouillie. L'environnement est déprimant. Le salon ressemble à une salle de classe, ou à la salle d'attente d'un pédiatre. Petites tables, petites chaises, livres de la Bibliothèque rose, Enid Blyton. Petite maison de poupée. Cubes en mousse. Un père, assis dans un canapé jaune taille enfant, attend. Noir lui aussi. Billy n'aime pas l'endroit. Mais il est content de voir ses enfants. Il part de la maison après le déjeuner, on déjeune tôt, et à une heure il prend le métro. Pendant quatre mois, il les voit là-bas. Deux heures tous les quinze jours, entre la maison de poupée, le canapé jaune et la cour sombre.

La médiation fait un rapport au bout des quatre mois. Positif. *Retrouvailles chaleureuses, relation père-enfants, tour à tour dans ses bras, partie de foot dans la cour, bonne dynamique, jeux à l'intérieur et à l'extérieur, Diego et Maurice manifestent du plaisir, Clara et Jérémie souriants, de l'attention à chacun, bonne évolution.* Une nouvelle période commence. Ils ont le droit de sortir.

Il va les chercher au centre à onze heures trente, il doit les ramener à seize heures quinze. Il les amène à la maison, on déjeune et on fait un tour rapide au parc. Ils arrivent à midi et demi, et doivent repartir au plus tard à trois heures et demie. Il est midi, je sors une pizza du congélateur, ils vont arriver.

Au début, je me préoccupais surtout du bruit que ça allait faire. Et du fait qu'un dimanche sur deux on ne pouvait rien prévoir. La première fois je suis restée un peu à l'écart, je n'ai pas vraiment mangé avec eux, ma chaise était loin de la table, je lisais plus ou moins en même temps. Je ne voulais pas m'imposer, je ne savais pas s'ils allaient m'accepter. Je n'ai pas mangé la même chose qu'eux. J'étais irritée par Clara qui voulait absolument enlever ses chaussures, et qui ne disait pas clairement ce qu'elle voulait faire. Je suis allée dormir dans ma chambre après le déjeuner, Billy les a emmenés au parc Monceau. Ensuite j'ai téléphoné à un ami, je lui ai donné rendez-vous, j'avais envie de me changer les idées, ce n'était pas ma vie. Ça concernait Billy. Je prêtais la maison. J'étais correcte, c'était tout, je ne me sentais pas concernée.

Mais ça a changé. Dès la deuxième fois. On a mangé ensemble, et j'ai eu envie d'aller au parc Monceau avec eux. Je ne sais pas pourquoi. Prendre un peu l'air moi aussi. Les balançoires et le manège n'étaient pas encore ouverts. On est allés aux jeux, vers la sortie du boulevard Hoche. Avant de partir, dans le couloir, j'avais entendu Maurice chanter « aux Champs-Élysées, aux Champs-Élysées ». J'ai cherché le disque dans toute la maison, je l'ai trouvé, je l'ai mis. Maurice était tellement content. Il était sur les genoux de son père. Il riait. Billy le faisait rire. Il a quatre ans maintenant. Diego a six ans,

Jérémie huit ans, Clara dix ans. On a pris le boulevard Malesherbes, on a traversé le jardin, en passant devant les poneys, et le manège, qui était fermé. Avant d'arriver aux jeux, j'ai appelé Maurice, pour qu'il vienne voir l'Arc de triomphe tout au bout du boulevard Hoche, là où les Champs-Élysées commencent.

— Regarde Maurice, tu vois là tout au bout... c'est les Champs-Élysées... tu vois le gros bâtiment au milieu, tout au bout de l'avenue, c'est l'Arc de triomphe, c'est là que les Champs-Élysées commencent, c'est une très très grande avenue, c'est la plus grande avenue du monde. Là tu ne la vois pas, mais on ira un jour la voir, on ira jusque là-bas, on s'y promènera. Aujourd'hui on n'a pas le temps, mais tu vois c'est là que ça commence les Champs-Élysées, c'est juste là, là où il y a mon doigt, tu vois ? Tu veux que je te porte ou tu vois ?

— Là ?

— Oui.

— C'est les Champs-Élysées ?

— Oui c'est les Champs-Élysées.

Diego aussi est venu voir. Puis on a rejoint Jérémie et Billy aux jeux. Ils ont enlevé leur manteau. Il y avait du soleil, ils bougeaient, ils s'agitaient. Clara était restée à la maison avec ma fille, pour voir *L'Âge heureux*. Billy et moi on était avec les trois garçons. On s'est assis sur un banc, on les regardait. Il y a deux installations, une pour les petits, une pour les plus grands. Jérémie est allé chez les grands, Maurice chez les petits, Diego allait de l'un à l'autre, tiraillé. Ils s'amusaient, on gardait leurs manteaux sur nos genoux, il y avait une partie soleil sur le banc, puis ils en ont eu assez. Ils ont voulu faire autre chose. Des garçons jouaient au foot sur les pelouses. Ça faisait envie à Jérémie, il n'osait pas le dire. Billy l'a sermonné, il n'aime pas quand on ne dit pas ce qu'on veut. Jérémie voulait, Diego aussi. Billy a demandé au père s'ils pouvaient se joindre à eux. Maurice avait envie de faire un tour de poney. J'ai dit à Billy « si tu veux je l'emmène, tu peux rester au foot avec Diego et Jérémie. Comme ça on n'a pas besoin d'attendre qu'ils aient fini de jouer au foot pour aller aux poneys. On ne perd pas de temps ». On a demandé à Maurice s'il voulait y aller avec moi. Il a dit oui. Billy m'a demandé si ça ne me dérangeait pas.

— Pas du tout.

— Tu es sûre ? Tu veux que je vienne avec toi ?

— Non c'est bon, reste avec Jérémie et Diego, je suis avec Maurice.

Maurice m'a donné la main. On a retraversé le jardin, par une autre allée, en marchant sûrement un peu trop vite pour ses petites jambes, on est passés devant le manège, il était ouvert maintenant. Ça lui faisait envie aussi. Entre les deux il fallait choisir. On n'avait pas le temps de tout faire. Le poney il n'en avait jamais fait. Il a choisi le poney. Il y avait quatre petits poneys, à l'entrée Malesherbes du parc, près d'une barrière Vauban. Les quatre étaient déjà retenus pour le prochain tour, et deux enfants étaient déjà montés. Je regardais l'heure. J'ai demandé si on pouvait prendre un ticket pour le tour suivant, et combien de temps durait le tour. Ils font une petite promenade autour d'une pelouse en passant devant l'étang, ça dure trois minutes. J'ai proposé à Maurice qu'on prenne un ticket et qu'on attende les trois minutes sur un banc. Ils doivent être à la médiation à seize heures quinze, il faut qu'ils prennent le métro à quinze heures trente. On prend le ticket. Je le donne à Maurice, qui va s'asseoir sur un des bancs de l'allée. Je n'ose pas me mettre sur le même banc que lui. Je m'assois sur un autre au début, par timidité. Pour ne pas l'encombrer. Au bout d'un moment je le rejoins, c'était une pudeur stupide. Il me dit : je vais toujours garder le ticket.

— Si tu veux, quand on sera à la maison, je vais te trouver une jolie boîte où tu pourras mettre ton ticket, et les papiers que tu voudras garder. D'accord ?

— Oui.

Les trois minutes sont passées, le tour précédent est terminé, les poneys sont de retour près de la barrière Vauban. On s'approche. Maurice donne son ticket, mais le type le lui prend. Ils utilisent les mêmes tickets pour plusieurs enfants. Maurice ne peut pas le garder. Je lui dis que ce n'est pas grave, je vais prendre une photo de lui sur son poney. J'en ai une de moi dans le jardin public de mon enfance sur un poney, j'ai un petit gilet en angora clair. Moi qui n'utilise jamais mon portable pour faire des photos, et qui ne sais jamais comment ça marche, je prends plusieurs photos de Maurice sur son poney. Il s'appelle Fripon.

— Tu veux faire le tour tout seul avec les enfants et le monsieur, ou tu veux que je t'accompagne ?

— Que tu m'accompagnes.

Je l'accompagne, je prends d'autres photos pendant le tour. Il est tellement mignon, tellement adorable.

Ça y est c'est fini, on est déjà de retour à la barrière Vauban, les trois minutes de promenade sont passées. D'autres gens attendent avec leurs enfants. Maurice descend. Je lui dis : tu dis au revoir à Fripon ? Je pose sa main sur la crinière de Fripon pour qu'il le caresse, mais un petit garçon grimpe dessus, la bonne femme qui est avec lui dit : Fripon c'est le poney que prend toujours mon fils.

On repart vers où les grands jouaient au foot. On tombe sur eux dans l'allée principale, ils ont terminé, ça s'est bien passé. On rentre à la maison. On passe devant le musée Cernuschi. Ils entrent, Maurice ressort avec des prospectus. Il veut les garder. J'ai promis de lui trouver une jolie boîte à la maison. On arrive, Clara a déjà son manteau. Ils savent qu'il ne faut pas traîner. Ils vont se laver les mains, faire pipi, elle remet ses chaussures. Pendant ce temps je fais le tour de la maison à la recherche d'une petite boîte. J'en trouve une avec un couvercle doré, un peu trop petite pour mettre les papiers. Je regarde dans le bureau de Billy, dans notre chambre, dans la salle de bains, finalement je trouve dans le placard de mon bureau une jolie boîte blanche avec un liseré noir, qui avant contenait des bougies parfumées, et que je gardais en réserve pour y mettre mes propres papiers. J'hésite un peu. Elle est belle, elle est solide, j'aimais bien cette boîte. Un enfant de quatre ans, est-ce qu'il va l'apprécier ? J'appelle Maurice.

— Viens voir. Regarde. J'ai trouvé une boîte.
Tu veux cette boîte-là ?

Il la prend. Elle a l'air de lui convenir.

— Viens, maintenant on va trouver un endroit
dans la maison où tu peux la ranger, et la retrouver la prochaine fois.

— Je vais l'emporter chez moi.

— Pourquoi ?

— …

— Parce qu'elle est belle ?

— Oui.

— D'accord. Je vais te donner un sac pour que
tu ne l'abîmes pas dans le métro. Et ton papa
va le porter.

— Moi je le porte.

Il y a les vacances de la Toussaint. Deux
dimanches sautent, on ne les voit pas pendant
un mois.

Ils reviennent le dimanche qui suit les vacances. On voudrait les emmener à Beaubourg, on
hésite. Est-ce qu'on aura le temps de tout faire,
déjeuner, visiter un peu, reprendre le métro pour
être à la médiation à quatre heures ? Ils arrivent.
J'entends les rires en bas, ça court dans l'escalier, ils font la course pour monter. Clara commence à enlever ses chaussures, Jérémie
demande s'il peut garder les siennes. Je les
embrasse, je leur dis bonjour. Je passe ma main
sur la joue de Diego. Et dans les bouclettes de
Maurice. On décide d'aller à Beaubourg. On se
dépêchera. Ils n'y sont jamais allés, ils ont l'air
d'en avoir envie.

— Et alors ta petite boîte ?

— Maman l'a jetée.

Billy entend.

— Elle a pas le droit. C'est pas bien ce qu'elle fait !

— C'est vrai ce qu'il dit ton papa, elle aurait pas dû la jeter, elle était à toi. Mais c'est pas grave, on va en trouver une autre, tout aussi jolie, et tu la laisseras ici. Et si vraiment tu veux la rapporter chez toi, on réfléchira à ce que tu peux dire à ta maman pour lui expliquer qu'elle ne doit pas la jeter.

La scène de la boîte à la poubelle dure encore quelques minutes, et on part en métro à Beaubourg. On prend l'escalier roulant, on monte tout en haut, on voit tout Paris. Maurice me montre les Champs-Élysées, l'Arc de triomphe. On voit Notre-Dame, le Sacré-Cœur, l'Opéra Garnier, la tour Saint-Jacques, la tour Eiffel, une pharmacie dont la croix verte clignote, on ira après acheter des médicaments pour Billy qui a mal à la tête. Maurice dit : on voit le commissariat. Mais il prononce mal, on ne comprend pas, on entend des A, on ne comprend pas le mot. On le fait répéter, on ne comprend toujours pas. On entend juste des A. Il dit finalement : on voit la maison des policiers. On a beau plisser les yeux, on ne voit pas. On fait un tour dans les Soulages. On passe devant le grand pot doré de Jean-Pierre Raynaud : un monsieur qui a construit une très belle maison, puis il l'a cassée, et il a mis les restes dans des pots qui sont devenus des œuvres d'art très chères. Maurice, « quand je serai grand, je casserai ma maison et je la mettrai à la poubelle ». On entre dans une librairie. Ils prennent des cartes, un poster. Maurice veut les rapporter chez lui. C'est l'heure de se quitter. Le temps a passé vite. Ils doivent rentrer, il faut se dépêcher. Et là, mon cœur se serre.

Comme si une main était en train de le broyer. Pour l'essorer, l'assécher. La main serre. Des spasmes me retournent le ventre. Le cœur bouge à l'intérieur, bat, la main appuie sur le ventre. Je suis bouleversée. Je les... AIME. Je les aime ces petits enfants. L'angoisse monte dans ma gorge. Mon cou est tout dur. J'avale ma salive d'un coup sec. Je passe ma main dans les cheveux de Maurice tout bouclés. Dans ceux de Jérémie. Dans ceux de Diego. J'embrasse Clara tendrement, aussi tendrement que possible sans m'imposer. Sans la serrer. Je ne veux pas m'immiscer. Je dis, mais c'est tellement en dessous de ce que je ressens :

— À bientôt.

Maurice me donne la main, il dit qu'il veut rester dormir à la maison.

— Une autre fois. Aujourd'hui ce n'est pas possible. Là il y a votre maman qui vous attend à la médiation.

— Quelle maman ?

Après quatre mois de ce régime-là, et malgré un deuxième rapport positif du centre de médiation, *retrouvailles chaleureuses, détendues, écoute, réconforte, ambiance enjouée*, etc., Hélène refuse toujours qu'ils dorment à la maison. Pour elle il faut un encadrement et une surveillance. Billy va retourner devant le JAF, refaire un procès, essayer cette fois d'obtenir l'aide juridictionnelle, refaire la queue à huit heures au tribunal pour un bureau qui ouvre à neuf heures. Le temps passe, les enfants grandissent, il continue d'aller les chercher là-bas un dimanche sur deux, ils arrivent, on déjeune ensemble, on va faire un tour aux jeux, ils repartent. En courant pour ne pas être en retard.

Il est dans une rue du seizième, il a une psychanalyste à Ranelagh, il sort de sa séance. Il marche. Il ne fait pas attention à ce qui se passe autour de lui. Il s'en fout, il ne regarde pas. À un moment il lui disait : je comprends pas pourquoi elle est comme ça, pourquoi elle a jeté la boîte, pourquoi elle pense qu'il faut une surveillance. Sa psychanalyste lui a répondu : la vengeance d'une femme peut aller jusque-là.

Il est sur le trottoir, il marche, il fait des grands pas. Il va jusqu'au métro Ranelagh. Quand il va là-bas, il passe devant chez les parents de Chloé avenue Victor-Hugo. Il lève les yeux. Les volets sont fermés. Il réfléchit en marchant. Il rumine... elle se venge de quoi... elle n'était pas au courant pour Chloé... elle a commencé à se venger bien avant de savoir... du fait que je n'avais pas d'argent... du fait que je n'avais rien... elle a pris des droits sur moi... dès le départ... elle voulait démontrer qu'elle était défavorisée... en tant que femme... en tant que mère... en tant que tout... en général... elle jugeait tout en fonction de ça... elle voulait en faire la démonstration... le démontrer... faire la preuve... elle voulait en faire une vérité... la réalité devait s'y plier... moi le premier... elle était défavorisée... elle était malheureuse... elle n'avait pas de chance... elle avait besoin de moi... pour démontrer ça... si je respectais pas les droits qu'elle s'était octroyés sur moi... en compensation... en rétorsion... je commettais une faute... j'étais en tort... et toute la responsabilité du fait qu'elle était défavorisée m'était imputée... j'étais là pour deux choses... un, prouver qu'elle était défavorisée... deux, réparer... à part ça... à part ça... rien... mon existence pouvait s'éteindre... elle me faisait chanter... sur le fait qu'elle était laissée pour compte... je devais l'attester... et la dédommager... j'avais pas d'argent... je me donnais... je me suis donné... comme un con... c'est pas facile de le reconnaître aujourd'hui... et d'ailleurs... même quand j'avais de l'argent je me donnais... j'étais cent pour cent du temps avec elle... je me suis mis en stand-by pour elle... en Martinique j'ai renoncé à mon travail... à mes projets... personne a jamais fait ça pour moi... à mes idées... à mes rêves... c'est une putain d'esclavagiste Hélène... c'est quoi un esclave ?.... c'est quoi l'esclavage ?.... c'est renoncer à soi-même... pour s'accomplir dans un autre... et l'accepter... en plus... accepter d'être vu comme un objet... ou ne pas s'en rendre compte... qu'on est qu'un objet... et donner cet objet... l'accepter... sinon c'est insupportable... si on l'accepte pas... c'est pire... on est obligé... sans contrepartie, sans se plaindre, et sans faire de procès... et jusqu'au bout... et en entier... ou presque... aller au-devant des demandes même... pour initier de temps en temps... soi... voir comment ça fait de proposer... et quand les demandes arrivent... se mettre en demeure soi-même d'y répondre... voir ça comme une obligation... l'autre a besoin de nous... et tant qu'on n'a pas répondu se sentir mal... parfois on essaie de garder un petit bout... un petit coin d'herbe... un petit bout de corps... un petit bout de truc... de côté... histoire de dire... que ça nous suffit... peut-être que ça nous suffira... juste un bout... le reste d'accord... être esclave c'est avoir le consentement vicié... inexistant... en croyant qu'on garde sa liberté intérieure... tu parles... alors qu'on a disparu... qu'on n'existe plus... je suis con... j'ai été con... con... mais con... je pouvais plus travailler... si j'avais pu je lui aurais donné une maison, un chien, des vacances... plutôt que moi... on serait sûrement encore ensemble... j'ai eu des enfants avec cette fille... on les a eus nos enfants... on les a... ils sont là... ils ne sont pas là par hasard... c'est pas les enfants d'une nuit... c'était pas « Je viens dormir chez toi »... c'était pas une décision en l'air... c'était vrai... quatre... quatre... j'avais ma vie là-bas... je prenais mes douches... j'avais mes affaires... elle m'achetait mes T-shirts... elle pouvait choisir mes vêtements... elle avait des gestes comme ça... elle avait des gestes doux... doux... des yeux doux aussi... un regard... je donne pas mes vêtements à choisir à n'importe qui... passer ma vie avec elle la question se posait même pas... on était ensemble... la porte était ouverte... j'étais avec elle... rien ne me gênait chez elle... la douceur qu'il y avait dans son regard... et que j'ai pas retrouvée ensuite... qu'elle a perdue... en tout cas avec moi... était aussi dans les gestes... dans les mots... dans tout...

Parfois, il se demande encore si c'est pas lui qui a gâché ce regard. Ces gestes, ces mots. Si tout ça n'est pas de sa faute. Elle avait une telle douceur au début, une telle souplesse. Une telle séduction. Au fond de lui il ne le pense pas. Il pense qu'elle fabriquait, qu'elle jouait un personnage. Il ne voit pas d'autre explication. Cette souplesse était fabriquée, ce regard aussi sans doute. En tout cas soumis à condition. À la condition qu'il s'exécute. C'était un masque. Qu'elle pouvait mettre ou retirer. Selon son degré d'obéissance. Il aurait dû le comprendre. Il l'a compris mais il n'en a pas saisi l'horreur. Il s'est surestimé, il n'a pas compris qu'il allait perdre à ce point-là. Il n'a pas vu le côté implacable. Quand il a vu qu'elle ramenait tout au conflit homme-femme, il aurait dû comprendre que c'était une question de domination, de maîtrise, qu'il allait forcément perdre, qu'il ne saurait pas se battre sur ce terrain-là, qu'il ne pourrait pas. Il ne revendique jamais ses droits, il dit que ça ne l'intéresse pas d'en avoir. Pour m'encourager à supporter les fois où on m'a blessée ou humiliée, il me dit : on est des Schwartz, on pleure pas, on est habitués, les coups sont comme des caresses pour nous, arrête de pleurer. Quand il a vu que le regard d'Hélène commençait à changer, il aurait pu laisser tomber. Il y a pensé mais il a balayé. Il a voulu résister. Il a cru qu'il pourrait. Il a voulu tenir. Il s'est dit qu'il passerait entre les gouttes. Que dans la vie il n'y avait pas que gagner ou perdre. Qu'il trouverait un chemin de traverse. Je comprends. Je comprends bien. Un peu trop bien même. Il s'est dit qu'il résisterait. Après homme-femme, avec père-mère c'est devenu plus mesquin, il a encore voulu résister. Il s'est dit qu'il suffisait de ne pas entrer dans le jeu, qu'on ne pourrait pas le gommer. Qu'il n'était pas rien. Il était conscient d'avoir en face de lui quelque chose de terrible pourtant. Mais il s'est dit qu'il y échapperait.

Je comprends, j'ai connu ça. On croit qu'on va passer entre les gouttes. Entre les mailles du filet. Qu'on aura du bol. Que c'est pas si terrible, qu'on peut y survivre. On se dit ça parce que on n'a pas le choix. On se dit qu'il y a des avantages. Malgré tout. On deale. On ne se sent même plus attaché à ce qu'on a, ni à ce qu'on est, à ce qu'on était. Ça paraît loin ce qu'on était. On fait la liste des compensations. On fait ressortir le positif. Être à la maison avec les enfants. S'évader avec Chloé. Les échappées. Les soupapes. On se dit qu'on a des respirations. Qu'on apprend des choses. Qu'on découvre. Que c'est un enseignement. On voit que c'est terrible. On l'ignore. On le chasse. On deale. On voit, on s'inquiète, mais on ne pense pas à l'avenir. Il est loin. On verra. On n'en est pas là. Peut-être qu'on va s'en sortir. On ne sait jamais. Soi exceptionnellement. On va peut-être échapper aux statistiques. Faire exception une fois de plus. On est peut-être plus fort que les autres. Après tout. Immortel. Pourquoi pas ? Plus malin. Plus... Je connais tout ça. Je comprends. En écoutant la chanson de Brigitte Fontaine *Je suis conne*, hier dans une fête, je m'identifiais. Je dansais. Je chantais les paroles en même temps que tout le monde, et je m'identifiais : *Je suis malheureuse ! Parce que je suis conne. Et que tout le monde est*

con. Parce que j'ai raté ma vie. J'ai raté mon évo-
lution spirituelle. Je n'ai pas appartenu à un ordre
initiatique. Conne, je suis conne. Je suis passée
à côté de l'amour. L'amour. Quand il s'est pré-
senté à moi. Avec sa Mercedes rose bonbon. Et
sa poitrine nue et dorée. Je l'ai laissé sur le bord
de la route. Et je suis montée dans une 2 CV pour-
rie. Où y avait un chien qui puait. Conne, je suis
conne. Conne, je suis conne. Tout le monde beu-
glait la chanson. Tout le monde disait : elle est
géniale cette chanson.

Il n'a pas compris. Il n'a pas vu. Ou plutôt il
a compris. Mais sa conscience était bloquée. Elle
ne débouchait sur rien. Sur rien d'autre que comprendre, après il n'y avait rien. Il ne s'est pas
assez méfié, il ne se méfiait pas. Ils parlaient, ils
riaient ensemble. Ils ont ri au début. Ils ont ri
ensemble. De tout. De tout et de rien. Ils riaient
de tout, de rien. Comme ça. Dans la rue, dehors,
dans la maison. Dans leur lit, dans leur chambre.
Dans l'ascenseur en arrivant chez eux. Ils
s'embrassaient dans l'ascenseur. À pleine bouche.
En mettant la clé dans la serrure. La langue, les
lèvres. Ils ont été heureux. Ils se sentaient bien.
Ils se regardaient longuement. Les regards se
parlaient. Se parler, ne pas se parler, marcher
ensemble, faire l'amour, tous ces trucs-là, se
lécher, se caresser, s'enfoncer les doigts l'un dans
l'autre, se comprendre dans tout ça. Essayer au
moins, désirer se comprendre. Quand on marche, quand on mange ensemble. Il y avait une
envie, un désir, une recherche. Essayer de sentir.
Caresser. L'envie de ne pas en rester à ce qu'on
voit. Au moins. L'envie d'imaginer plutôt. D'espé-
rer. De penser qu'il y aura un demain. De ne pas

être un produit de consommation. De ne pas disparaître. De durer. D'exister. Il y avait tout ça. L'envie de survivre. De se comprendre, de rencontrer quelqu'un. D'y croire. De ne pas être invisible tout le temps. De ne pas être un visage et un corps qui ne dégagent rien pour personne. L'envie d'être exceptionnel. L'envie d'être vraiment là. Vivant. L'envie d'être vraiment. Et d'être protégé. Et ce regard. Son regard. Celui qui a disparu. Qui lui plaisait. Qui l'apaisait. Il y avait son regard. Ce regard. Ce regard doré. Irisé sous certaines lumières. Ç'a été ce regard pendant longtemps qui le portait. Qui le tenait, et qui le câlinait. Qu'il désirait. Qui faisait qu'il la désirait. Qui le faisait être, en tout cas se sentir bien. Et qui faisait qu'elle aussi il y avait un regard en face d'elle dans lequel elle pouvait se perdre. Et rêver, elle aussi. Se projeter, ressentir des choses. Les mêmes que lui. Elle se sentait bien en regardant ses yeux. Heureuse. Fondante. Elle pouvait s'y plonger. Y puiser ses émotions. Elle pourrait sans doute dire la même chose de son regard à lui. Elle avait les yeux marron, ce n'était pas une couleur spéciale, bleu ou vert. C'étaient des yeux marron, avec des reflets jaunes, dorés. Lui, ç'a été sa couleur préférée pendant huit ans. C'était quelque chose qui illuminait, c'était une lumière. Qui faisait que son visage n'était pas pareil la seconde d'avant et la seconde d'après. Ça lui suffisait. Aujourd'hui quand il la croise, au Palais de Justice, ou en bas de l'immeuble, il ne la regarde pas, il ne la voit pas. C'est une formalité administrative, c'est la partie adverse. Ce n'est plus rien.

La dernière fois qu'il l'a vue, c'était à la médiation. Le hall et le salon sont séparés par une porte. Il arrive le premier, il attend dans le salon. Elle arrive dans le hall, elle dépose les enfants et elle repart. En principe il ne la voit pas. Elle n'entre pas dans la pièce où il se trouve, la porte est fermée. Tout est organisé pour qu'ils ne se voient pas tout en arrivant en même temps au même endroit. S'il a du retard, c'est elle qui entre dans le salon et lui qui reste dans le hall le temps de prendre ou de déposer les enfants. En fonction des allées et venues, la porte peut s'ouvrir. Elle s'est ouverte. Il était dans le salon, les enfants entraient. Elle était dans le hall, il l'a vue de profil, elle était debout au fond. Il était assis sur le petit canapé jaune. Il ne sait pas si elle l'a vu aussi, leurs regards ne se croisent plus. Au tribunal, elle parle au juge ou à son avocat, lui aussi ou il regarde devant lui. Il peut la revoir sans la voir. De toute façon, quand il l'a vue de profil au fond de la pièce, elle avait ses lunettes noires.

Lui regardait ses enfants qui entraient. Quand ils sont arrivés à la maison, Maurice pleurait.

Sa mère est malade, elle doit se faire opérer. Elle a une boule dans le sein qui est peut-être cancéreuse. J'ai pensé que c'était de ma faute. Que c'était à cause du livre, que je l'avais tuée. Comme après la sortie de *L'Inceste* quand mon père est mort. Maurice ne voulait pas me dire bonjour, il ne voulait pas m'embrasser. Il marchait dans le couloir, devant moi, sans se retourner.

9886

Composition
NORD COMPO

Achevé d'imprimer en Espagne
par **BLACKPRINT CPI**
le 7 août 2016.
1er dépôt légal dans la collection: mars 2012.
EAN 9782290041291

ÉDITIONS J'AI LU
87, quai Panhard-et-Levassor, 75013 Paris

Diffusion France et étranger : Flammarion